Angela Waidmann
wurde 1965 am Niederrhein geboren und studierte Vor- und Frühgeschichte und Volkskunde. Seit 1992 arbeitet sie als freie Historikerin und Journalistin, u. a. für verschiedene Pferdezeitschriften und als Buchautorin. Sie reitet seit ihrem 13. Lebensjahr und besitzt eine Haflingerstute. Angela Waidmann lebt heute mit ihrem Mann und ihrem Sohn in Unterfranken.

Nina und Nori

Angela Waidmann

Flucht in die Berge

Schneider Buch

Bibliografische Information Der Deutschen Bibliothek
Die Deutsche Bibliothek verzeichnet diese Publikation in der Deutschen Nationalbibliografie; detaillierte bibliografische Daten sind im Internet über http://dnb.ddb.de abrufbar.

Dieses Buch wurde auf umweltfreundlich hergestelltes Papier gedruckt.

Der Schneider Verlag im Internet:
http://www.schneiderbuch.de

Titelbild: Ulrike Heyne
Herstellung/Satz: FIBO Lichtsatz GmbH, Unterhaching
Schrift: 11˙ Bembo
Druck: Clausen & Bosse, Leck
Bindung: Conzella Urban Meister, München-Dornach
ISBN 3-505-11592-4

03 / 12 11 10 9 8 7 6 5 4 3 2 1

Für Alfa, mein liebstes Pferd
(1976–2002)

Umzug in die Berge

Es regnete. Dicke Tropfen klatschten auf das Autofenster, flossen träge über die Scheibe, vermischten sich mit weiteren Tropfen und krochen zitternd weiter. Drohend starrten die hohen Berge auf uns herunter, ihre Gipfel waren in dunkle Wolken gehüllt. Windstöße fuhren heulend über die Straße, rissen an den Bäumen, wirbelten ihre Äste durcheinander und verbogen die dünnen Stämme, als wollten sie sie mit Gewalt aus der Erde reißen.

Gestern hatte ein großer Lastwagen vor unserer Wohnung angehalten, hektisch waren vier Männer in unsere Wohnung gestürmt, hatten all unsere Habe aus den Schränken gerissen, in große Kisten gepackt und auf den Laster verfrachtet.

Als sie sich endlich verzogen hatten, war ich zum Reitstall Gut Wildeck gefahren, um zum allerletzten Mal die Pferde zu sehen. Bei Sternenglanz war ich besonders lange stehen geblieben. Erfreut hatte er meine Möhren gefressen und sich anschließend von mir kraulen lassen. Er war eines der Schulpferde auf Gut Wildeck und mein absoluter Liebling. Die meisten Reitstunden hatte ich auf seinem Rücken bestritten, denn ich liebte sein freundliches, ruhiges Wesen, seinen breiten Rücken und seinen weichen Trab. Meine Freundinnen im Reitstall haben nie kapiert, warum ich mein Herz ausgerechnet an eine solche „Schlaftablette“ wie ihn verloren hatte. Aber mit temperamentvollen, nervösen Pferde konnte ich noch nie was anfangen. „Sei nicht traurig, Nina“, hatte meine Mutter gesagt. „Reitställe und Pferde gibt es schließlich überall, ganz bestimmt auch in Oberbayern.“

Aber nicht Gut Wildeck. Und erst recht nicht Sternenglanz. Doch das hätte sie sowieso nicht verstanden.

Ein letztes Mal war ich meinem Liebling mit den Fingern durch die feine Mähne gefahren. Dann war ich gegangen, ohne mich noch mal umzudrehen.

Zum Glück war wenigstens Alexandra nicht im Reitstall gewesen. Sie war meine beste Freundin, und ich hätte es nicht ertragen, ihr noch einmal Lebewohl sagen zu müssen.

Inzwischen waren wir von der Autobahn München-Salzburg abgefahren, hatten Bad Reichenhall hinter uns gelassen und rollten nun eine endlose Serpentinenstraße den Berg hinauf nach Berchtesgaden.

Mein Vater war Hauptfeldwebel bei einer Sanitätsstaffel der Bundeswehr und hatte zehn Jahren lang in einer Kaserne im Ruhrgebiet gearbeitet. Das war eine lange Zeit für einen Soldaten, der eigentlich alle paar Jahre mit seiner Versetzung rechnen muss. Aber nun hatte es uns doch erwischt. Und ausgerechnet in die hinterletzte Ecke Bayerns hatte es uns verschlagen.

„Freu dich doch! Du hast in diesem Jahr volle drei Monate schulfrei. Die Sommerferien in Nordrhein-Westfalen hören nämlich genau dann auf, wenn die in Bayern anfangen“, hatte mein Vater heute Morgen noch beim Frühstück gemeint. Pah! Ich wäre lieber sechs Wochen länger in Duisburg mit meinen Freunden in die Schule gegangen, als irgendwo in einer neuen siebten Klasse mit lauter fremden Gesichtern ganz von vorn anfangen zu müssen.

Kurz vor Berchtesgaden bog mein Vater nach rechts auf eine schmalere Straße ab. Jetzt ging es nur noch leicht bergauf. Wir fuhren durch Wiesen voller vom Wind zerzauster Blumen, die vor Nässe ihre Köpfe hängen ließen. Links von uns wälzte ein Bach seine braunen Fluten zu Tal. Dann kamen die ersten Häuser in Sicht: mächtige Bauernhöfe mit großen Stallungen und weißen Wohnhäusern. Der Wind rüttelte an den üppig bepflanzten Blumenkästen, die überall an den Holzbalkonen hingen. Eine total verregnete Postkarten-Idylle.

Dann waren wir in Hirschau. Rechts und links drängten sich die Geschäfte: Andenkenläden und Cafés, Restaurants und Trachtengeschäfte, Kioske und Pommesbuden. Aber in dem Dauerregen wagten sich kaum Touristen auf die Straße. Langsam krochen sie unter ihren Schirmen von einem Laden zum anderen, während ihnen Wind und Regen in den Rücken bliesen. Wieder bog mein Vater ab, fuhr eine kleine Anhöhe hinauf und hielt am Straßenrand. „Na?“, fragte er und grinste erwartungsfroh.

Wir standen vor einem kleinen Haus, das aus großen dunklen Steinen gemauert war. Der Vorgarten war verwildert, die Blumenkästen an dem Balkon waren leer und verrostet. Braune Farbe blätterte von der Türe ab. „Äußerlich müssen wir noch eine Menge an dem Häuschen tun, aber innen ist es prima renoviert“, hatte Papa meiner Mutter am Telefon erzählt.

„Tolle Ruine“, sagte ich und stieg aus.

Der Umzugslaster parkte vor dem Haus und versperrte fast die ganze Straße. Zwei Männer schleppten gerade ächzend unseren Herd durch den Regen. Mama war sofort ins Haus gelaufen und schaute nun strahlend aus einem Fenster im Erdgeschoss und winkte. Papa lief durch den Garten auf sie zu, stellte sich auf die Zehenspitzen und drückte ihr einen Kuss auf den Mund.

Zögernd betrat ich das Haus. Drinnen herrschte ein ziemliches Chaos. Kisten, Körbe und Plastiksäcke standen überall herum, dazwischen rangierten die Umzugsleute und schleppten immer neue Kartons, Säcke, Pflanzen, Stühle und Bilder herein.

„Deine Sachen stehen schon in deinem Zimmer. Geh nur nach oben“, rief mir meine Mutter aus der Küche zu.

Die Treppe knarrte, als ich hinaufstieg. Ich ging den kleinen Flur entlang, öffnete die Tür zu meinem neuen Reich – und prallte zurück. Insgeheim hatte ich gehofft, dass der Raum so ähnlich aussehen würde wie mein altes Zimmer in Duisburg. Aber alles war vollkommen anders: Schrank, Bett, Schreibtisch, Couch und Sessel standen willkürlich verteilt im Raum herum, und der Boden war mit riesigen Umzugskisten geradezu gepflastert. Das Zimmer war schmal und dunkel – kein Wunder bei dem kleinen Sprossenfenster, durch das das Licht nur spärlich hineinsickerte. Staubige Spinnweben hingen in den Ecken. Nichts erinnerte an mein freundliches großes Kinderzimmer, in dem ich aufgewachsen war. Von einer Welle aus Wut und Enttäuschung gepackt, riss ich die Kartons auf, packte Kleider, Stofftiere und Bücher und schleuderte sie auf den Boden.

Plötzlich stand mein Vater in der Tür, fasste mich am Arm, zog mich aufs Bett und sah mir fest in die Augen. Sein Mund war schmal, und seine Augen blickten ernst.

„Jetzt hör mir mal gut zu, du Prinzessin auf der Erbse“, sagte er streng. „Wir sind nicht schuld daran, dass du jetzt hier wohnen musst. Glaubst du etwa, dass uns der Abschied von Duisburg leicht fällt? Es ist zwar schön, dass wir jetzt in den Bergen leben können. Aber meinst du, dass wir unsere alten Freunde und die schöne Wohnung gerne verlassen haben? Denkst du etwa, mir ist nicht mulmig, weil ich übermorgen mit völlig fremden Kollegen und ganz neuen Aufgaben wieder von vorne anfangen muss? Und deine Mutter? Sie hat eine Arbeit aufgegeben, die ihr viel Spaß gemacht hat. Und jetzt weiß sie noch nicht mal, ob sie hier überhaupt wieder irgendeine Stelle findet. Menschenskind, Nina, nimm dich doch endlich zusammen! Mach es uns doch nicht noch schwerer!“ Er drehte sich um, ging mit schweren Schritten aus dem Zimmer und schloss die Türe hinter sich.

Erschrocken ließ ich mich zurücksinken und starrte auf die Spinnweben an der Decke. Ganz leise meldete sich in mir das Gefühl, dass mein Vater Recht haben könnte. Ich hatte mir bisher tatsächlich keine großen Gedanken darüber gemacht, wie meine Eltern sich fühlten. Ich hatte fest geglaubt, dass sie geradezu mit fliegenden Fahnen nach Hirschau umziehen wollten ... Aber so war's wohl doch nicht. Wahrscheinlich hatten sie sich immer nur gegenseitig Mut zugesprochen, um nicht in das gleiche Loch hineinzurutschen, in dem ich gelandet war.

„Also gut", sagte ich laut zu den Spinnweben über mir. „Ein Umzug ist nicht das Schlimmste, was einem passieren kann. Wer weiß, vielleicht sieht das Kaff hier bei Sonnenschein ja ganz nett aus, und wenn es hier auch Pferde gibt ..."

Im Halbschlaf glaubte ich noch, ich sei in Duisburg – doch dann ratterte draußen ein Traktor vorbei. Erschrocken riss ich die Augen auf, und mein entsetzter Blick fiel auf die Spinnweben an der Decke. Als Nächstes sah ich die Umzugskisten und das Chaos auf dem Fußboden. Da wusste ich wieder, wo ich war.

Langsam stand ich auf und ging zu dem schmutzigen kleinen Fenster. Der Regen hatte aufgehört, und in den Pfützen spiegelte sich die Sonne. Ich schaute in einen ordentlich gejäteten Gemüsegarten. Na ja, immerhin ein Fortschritt. In Duisburg war nämlich direkt hinter unserem Haus eine lärmende Eisenbahn vorbeigefahren. Hier konnte ich wenigstens die ganze Nacht lang das Fenster offen lassen, ohne dass mich jede halbe Stunde ein Riesenkrach aus dem Bett warf. Ich reckte mich und atmete ein paar Mal tief durch. Dann zog ich mich an und lief die Treppe hinunter.

Am späten Nachmittag ließ mich Mama endlich frei. Wir hatten den ganzen Tag lang geputzt wie die Irren: Spinnweben entfernt, Möbel verschoben, Geschirr gespült und Schränke eingeräumt. Langsam sah unsere neue Behausung einigermaßen gemütlich aus. Sogar mein Zimmer war halbwegs bewohnbar. Papa hatte meinen Schreibtisch direkt vor das kleine Fenster geschoben, damit ich bei Tageslicht meine Hausaufgaben machen konnte. Der hintere Teil des Zimmers wirkte aber immer noch wie eine schummerige Räuberhöhle.

Nach dem Mittagessen hatte ich meine Kleider ausgepackt und in den Schrank geräumt. Ganz unten in einer Kiste fand ich meine Reitsachen. Als ich meine Nase darin vergrub, meinte ich Sternenglanz' Duft zu riechen. Da hatte ich sie schnell in die hinterste Ecke des Kleiderschranks geworfen und die Türe zugeknallt.

Jetzt hatte ich Lust auf einen kleinen Spaziergang. Nur der Masse von Touristen, die heute im Dorf vor Anker gegangen waren, wollte ich möglichst aus dem Weg gehen. Also lieber die kleine Seitenstraße weiter den Berg hinauf.

Zunächst reihte sich ein bayerischer Postkarten-Bauernhof an den nächsten. Doch dann stand ich plötzlich mitten in den Wiesen. Weit zogen sich die grünen Flächen in das enge Tal hinein. Kleine Holzhütten standen dazwischen, und links von mir weideten Kühe. In der Ferne wuchs der Wald an den Hängen der Berge hinauf. Die Luft roch nach Heu, Gras und Kräutern.

Insgeheim musste ich zugeben, dass es hier eigentlich gar nicht so übel war. Ich sah mich noch einmal um. Auf der rechten Seite, neben dem letzten Postkarten-Bauernhof, war eine große Weide voller Obstbäume. Ordentlich, fast liebevoll, hatte sie jemand mit einem Holzzaun umgeben. Das sah fast so aus, als wären dort Pferde zu Hause! Neugierig trat ich näher.

Tatsächlich, unter den tief herunterhängenden Ästen eines Apfelbaumes stand ein Haflinger und döste mit halb geschlossenen Augen. Eilig kramte ich in meinen Taschen nach den letzten Krümeln Leckerli. Ich hielt sie dem Pferd auf der flachen Hand entgegen. Sein Kopf fuhr hoch, die Ohren spielten. Dann kam es langsam auf mich zu. Nachdenklich betrachtete ich es. Komisch, es schien doch kein richtiger Haflinger zu sein. Sicher, es war ein Fuchs mit langer silbriger Mähne und einem dichten weißen Schweif. Aber er war viel zu schwer gebaut für einen Haflinger, und auch ein bisschen zu groß. Mit seinen kräftigen Muskeln und seinen breiten Hufen sah er eher wie ein leichtes Kaltblut aus. Aber sein Fell ...

Anfangs hatte ich die vielen schwarzen Flecken für dicke Schlammspritzer gehalten. Aber jetzt merkte ich verblüfft, dass sie echt waren.

„Was bist du denn für einer?“, sagte ich leise zu dem Pferd, das jetzt dicht vor mir stand. Vorsichtig ließ es seine weichen Lippen über meine Hand gleiten und nahm sich die Leckerlis. Dann sah es mich mit seinen großen dunklen Augen an. Auf seiner Stirn war ein runder Stern, und auf seinen Nüstern hatte es eine kleine weiße Schnippe. Seine wundervolle dichte Mähne reichte über seinen kräftigen Hals bis auf den breiten, geraden Rücken. Unter seiner runden Kruppe wölbten sich die starken Muskeln. Es war ein Hengst.

Vorsichtig strich ich ihm über den Kopf. Er schnaubte leise und blieb ruhig stehen. Je länger ich ihn betrachtete, desto schöner fand ich ihn. Er sah so ungewöhnlich aus. Aber wie ungepflegt er war! Die Mähne war verfilzt und starrte vor Dreck. In seinem Fell klebten Erde und Mist wie ein schuppiger Panzer. Und die Hufe waren viel zu lang, an ihren Rändern waren große Stücke herausgebrochen. Sie hatten bestimmt seit vielen Monaten keinen Schmied mehr gesehen.

„Dein Besitzer scheint sich ja nicht besonders gut um dich zu kümmern", murmelte ich. „Was ist das bloß für ein Typ?" Der Hengst sah mich weiter freundlich und erwartungsvoll an. Jetzt kapierte ich. Eilig pflückte ich einige saftige Grasbüschel zu meinen Füßen. Das Pferd kam noch einen Schritt näher und nahm sie mir behutsam aus der Hand. Ich ließ meine Finger über seine samtigen Nüstern gleiten, während er andächtig kaute. „So ein Pferd wie dich habe ich wirklich noch nie gesehen", sagte ich lächelnd und rupfte weitere Grasbüschel ab, um sie ihm vor die Nase zu halten. Dann warf ich einen Blick auf meine Uhr und stellte fest, dass es Zeit fürs Abendessen war. Noch einmal streichelte ich dem Hengst über die Nüstern. „Morgen komme ich wieder, ganz bestimmt“, versprach ich. „Und ich werde dir ganz viele Möhren mitbringen.“

Ich machte mich auf den Weg nach Hause. Bevor ich in die schmale Straße einbog, schaute ich mich noch einmal um. Da stand der kräftige Hengst mit erhobenem Kopf am Zaun und sah mir nach.

Den ganzen Abend musste ich an ihn denken. Wie ruhig und freundlich er war. Und wie ungepflegt, vernachlässigt und alleine. Na, vielleicht war sein Stallgefährte ja beim Hufschmied oder beim Tierarzt oder sonstwo. Trotzdem – irgendwie wurde ich das Gefühl nicht los, dass dieses Pferd genauso einsam war wie ich.

Nori vom Bertlhof

Wir verbrachten auch noch den ganzen nächsten Tag mit Aufräumen. Und als ich abends völlig fertig am Tisch saß, verkündete meine Mutter fröhlich: „Ab morgen bringen wir den Garten in Ordnung."

Ärgerlich holte ich Luft, doch dann klappte ich den Mund wieder zu. Für Mama alleine war die Plackerei wirklich zu viel. Außerdem kannte ich hier ja doch niemanden, also was sollte ich den lieben langen Tag machen? Da konnte ich genauso gut im Garten arbeiten, auch wenn ich überhaupt keinen Bock darauf hatte.

Auf jeden Fall wollte ich dem gefleckten Hengst jetzt noch Guten Abend sagen. Beim Einkaufen hatte ich mir ein Kilo Möhren gesichert und verstaute nun die Hälfte davon in meiner alten Leinentasche. Dann marschierte ich los.

Die Sonne schien. Ein leichter Wind spielte mit den Baumkronen und den bunten Blumen am Straßenrand.

Schon von weitem sah ich den gefleckten Hengst.

Er war immer noch allein. Ich brauchte ihn nicht zu rufen. Als ich an den Zaun trat, hob er den Kopf und sah mich an. Ich hielt ihm eine Möhre entgegen.

Langsam, fast würdevoll, kam er auf mich zu und nahm sie mir aus der Hand. Lächelnd blieb ich am Weidezaun stehen und sah zu, wie er eine Rübe nach der anderen fraß. Schließlich hatte er alles verputzt, und ich streichelte sanft über seinen Hals. Eine Zeit lang hielt der Hengst still und genoss das Kraulen, doch irgendwann drehte er sich um und begann wieder zu fressen. Ich sah ihm noch eine Weile zu und ging dann nach Hause. „Auf Wiedersehen, du wunderschönes Pferd", sagte ich leise. „Morgen Abend bin ich wieder bei dir."

Am nächsten Morgen wurde ich wieder von Sonnenschein geweckt, der sogar die hinterste Ecke der Räuberhöhle erhellte. Langsam öffnete ich die Augen. Gerade hatte ich so schön von Sternenglanz geträumt. Kein Wunder, dachte ich, als ich aus dem Bett kroch. Eigentlich wäre heute meine Reitstunde auf Gut Wildeck. Doch ich schob den Gedanken schnell weg und ging unter die Dusche.

Als wir eine Stunde später mit der Schufterei anfingen, war es noch früh am Morgen, aber schon drückend warm. Bald wurde es richtig heiß und schwül. Ich kam mir vor wie ein Goldgräber im Dschungel. Dabei wühlten wir doch nur nach Unkraut, Wurzeln und Steinen. Aber ich arbeitete trotzdem verbissen weiter, um nicht immerzu an Sternenglanz denken zu müssen. Irgendwann tat mir mein Rücken weh, und meine Hände hatten offene Blasen, aber der völlig verwilderte Garten sah immer noch so aus, als hätten wir gerade erst mit der Arbeit angefangen. Ich war fix und fertig und hätte den ganzen Kram am liebsten hingeschmissen.

Meine Mutter dagegen hatte strahlende Laune. Sie hatte schon in Duisburg angefangen, sich in Berchtesgaden in ihrem Beruf als Sekretärin zu bewerben. Heute nun war die erste Einladung zu einem Vorstellungsgespräch bei uns eingetrudelt. Mama war überglücklich.

Aber auch bei meiner von Arbeitswut befallenen Mutter kam irgendwann der Moment, in dem sie sich den Schweiß von der Stirn wischte und seufzte: „Für heute reicht es." Dann lobte sie mich überschwänglich, weil ich ihr so toll geholfen hatte. Ich nickte nur, verschwand unter der Dusche und fiel dann im Halbdunkel meines Zimmers aufs Bett.

Lange hielt ich es dort nicht aus. Immerzu sah ich Sternenglanz vor mir. Und Alexandra, wie sie auf ihrem Lieblingspferd Lord Rex saß und lachte. Und Hannibal, den gefleckten Hofhund, wie er an mir hochsprang und in meiner Jackentasche nach einem Hundekuchen suchte.

Es hatte keinen Zweck. Ich stemmte meine müden Knochen aus dem Bett, packte die restlichen Möhren in meine Leinentasche und machte mich auf den Weg. Morgen würde ich einen höllischen Muskelkater bekommen, das merkte ich bei jedem Schritt. Außerdem wurde die feuchte Hitze langsam unerträglich. Ich war froh, als ich endlich die Weide erreichte.

Der Hengst stand wieder unter dem Apfelbaum und döste. Als ich um die Ecke bog, hob er den Kopf und sah mich an. Dann kam er mit würdevollen Schritten auf mich zu, und mir wurde ganz warm ums Herz. Trotz seines schmutzigen Fells sah er einfach wunderschön aus. Ich gab ihm eine Möhre, legte mich gemütlich in das hohe Gras und schloss die Augen. Ungefähr jetzt musste auf Gut Wildeck meine Reitstunde beginnen. Ich stellte mir vor, wie Sternenglanz mit mir Bahn um Bahn trabte, wie er Volten und Schlangenlinien ging und zum ersten Mal angaloppierte, während unser Reitlehrer uns beobachtete und korrigierte. Später verließ ich mit dem hübschen Rappen den Reitplatz, sattelte ihn ab, streichelte seinen schwarzen Kopf und griff nach meiner Leinentasche. Seine Lippen wühlten darin herum, er biss hinein ...

Ich schreckte auf. Der Hengst hatte sich tatsächlich über meine Tasche hergemacht! Sie war schmutzig, und ein großer Riss zog sich über die eine Seite. Beinahe hätte er den ganzen Beutel samt Inhalt verspeist.

Schnell stand ich auf, griff nach der Leinentasche und fischte die restlichen Möhren für den Hengst heraus. Zufrieden zerkaute er sie, während ich ihn am Kopf streichelte.

Plötzlich riss er den Kopf hoch und starrte über meine Schulter. Ich drehte mich um und sah auf die Berge.

Riesenhaft und drohend sahen sie auf einmal aus. Über ihren mit Schnee bedeckten Gipfeln türmten sich tiefschwarze Wolken. Eine Gewitterfront! Mit

Macht wälzten sich ihr gelbgrünen Vorboten in unsere Richtung.

Weit hinten auf den Wiesen rannte ein Paar mit zwei kleinen Kindern auf den Armen eilig in Richtung der nächsten Holzhütte.

Da zuckte schon der erste Blitz. Langsam zählte ich: „Eins, zwei, drei, vier ..."

Bei „sechs" krachte der Donner. Das Unwetter war also noch etwa sechs Kilometer entfernt.

Der Hengst schnaubte mit bebenden Nüstern. Hoffentlich holte ihn bald jemand in den Stall!

„Wenn ihr beim Reiten von einem Gewitter überrascht werdet, dürft ihr auf keinen Fall bei den Pferden bleiben", hatte uns unser Reitlehrer eingeschärft. „Genau wie einzeln stehende Bäume erheben sich Pferde nämlich hoch über der Landschaft. Darum ziehen sie die Blitze an. Bindet sie irgendwo fest und hockt euch dann weit von ihnen entfernt auf den Boden. Dann seid ihr einigermaßen sicher."

Hier auf der Weide war der Hengst ein gutes Ziel für Blitze, auch die Obstbäume konnten ihm keinen Schutz bieten. Was waren seine Besitzer bloß für verantwortungslose Spinner, dass sie ihn so alleine hier draußen ließen?

Wieder zuckte ein Blitz. Diesmal kam ich beim Zählen gerade noch bis vier. Verdammt, was sollte ich bloß tun? Ich konnte den Hengst doch nicht einfach hier allein lassen! Über uns wurde es dunkel. Der Wind zerrte an meinen Haaren und blies mir Staub in die Augen. Die Berge und die Wälder hatten sich in dichte graue Schleier gehüllt. Jetzt fing es auch an zu regnen.

Noch einmal blitzte es. „Eins, zwei, drei ..."

Der Donner krachte so laut, dass der Hengst einen erschrockenen Satz machte. „Ich gehe zum Hof und hole Hilfe!", rief ich.

Und dann sah ich die Frau. Mit einem Halfter in der Hand rannte sie keuchend auf uns zu. Der Hengst wieherte laut.

„Ja, mein Guter, da bin ich endlich", schnaufte sie, zog ihm schnell das Halfter an, öffnete das Weidetor und führte ihn eilig Richtung Hof. „Komm nur herein, du wirst ja ganz nass!", rief sie mir über die Schulter zu.

Das ließ ich mir nicht zweimal sagen. Gleich würde garantiert ein Inferno über uns hereinbrechen.

Die Frau brachte den Hengst in den Stall. Ich folgte den beiden und sah mich neugierig um. Es gab vier geräumige Pferdeboxen. Von der hohen gewölbten Decke hingen verstaubte Spinnweben herab. Drei der Boxen standen leer. Die vierte war voller Mist, der nur von einer dünnen Strohschicht bedeckt wurde. Ausgerechnet dort führte die Frau den Hengst hinein. Dann schüttete sie ihm Hafer in die Krippe und ließ sich schnaufend auf einen Strohballen in der Stallgasse fallen.

Sie musste schon älter sein. Schwarzgraue Haare schauten unter ihrem Kopftuch hervor. Sie war rundlich, hatte aber kräftige Arme und breite, schwielige Hände. Sie trug einen schmutzigen blauen Kittel, schlammige Gummistiefel und sah sehr müde aus.

Ein Blitz schoss gelbes Licht in den Stall. Dann donnerte es heftig. Der Hengst riss den Kopf hoch. Ich streichelte beruhigend seinen Hals.

„Ich heiße Adele Huber“, sagte die Frau. Sie sprach dabei betont deutlich. „Du bist sicher eine Touristin?“

Ich seufzte. „Nein. Ich wohne hier. Seit genau drei Tagen.“

Wieder blitzte es, zweimal ganz kurz hintereinander. Dann donnerte es ohrenbetäubend. Unruhig scharrte der Hengst im Mist. Ich klopfte wieder seinen Hals und betrachtete missbilligend das schmutzige Stroh.

„Du scheinst dich aber nicht grad drüber zu freuen, über dein neues Zuhause“, meinte Frau Huber. „Wir Berchtesgadener müssen ja auch einen schlechten Eindruck auf dich machen. Wir lassen unsere Pferde im Gewitter alleine und stecken sie anschließend in eine völlig verdreckte Box.“

Ich wurde rot. Sie hatte meine Blicke durchaus bemerkt und sofort richtig gedeutet.

Jetzt seufzte sie. „Hast ja Recht. Bis vor vier Monaten hat es hier auf dem Bertlhof auch noch ganz anders ausgesehen. Sauber und ordentlich. Aber dann hat der alte Bauer plötzlich einen Schlaganfall bekommen. Seitdem dämmert er im Krankenhaus vor sich hin. Sein Sohn Alois kommt nur ab und zu am Wochenende her. Ich bin hier nur die Magd, aber die ganze Arbeit bleibt an mir hängen. Und ich bin zu alt, um noch für zwei schuften zu können. Leider!“

Die liebevoll umzäunte Weide, das vernachlässigte Pferd, der schmutzige Stall ... Plötzlich passte alles zusammen. Frau Huber tat mir beinahe ein bisschen

Leid. Sollte ich ihr meine Hilfe anbieten? Dann würde der schöne Hengst wenigstens nicht mehr im Mist stehen müssen.

„Könnte ich nicht morgen Nachmittag den Pferdestall ausmisten?", fragte ich.

Überrascht schaute mich die alte Frau an. Dann strahlte sie plötzlich. „Na, da wird sich unser Nori aber freuen!"

Aha, Nori hieß er also! Ich betrachtete noch einmal die dreckige Box und sein verschmutztes Fell. Ab morgen würde sich das gründlich ändern!

„Er ist wunderschön und etwas ganz Besonderes", sagte ich. „So ein Pferd habe ich noch nie gesehen. Zu welcher Rasse gehört er denn?"

Frau Huber lächelte. „Nun, eine Rasse hat er gerade nicht. Es ist nämlich so: Der Bertlhof-Bauer hat eine bildhübsche, preisgekrönte Haflingerstute besessen. Mariechen hieß sie, und sie hat fast jedes Jahr ein schönes Fohlen zur Welt gebracht. Vor etwas mehr als vier Jahren ist drüben in Österreich, nur wenige Kilometer von hier, ein schwarz gefleckter Noriker Kaltbluthengst entlaufen. Eines Abends stand er beim Mariechen auf der Weide und knabberte ihr zärtlich an der Mähne. Wir brauchten nicht viel Fantasie, um uns auszumalen, was passiert war. Denn das Mariechen war gerade rossig und sollte am nächsten Morgen zum Hengst gebracht werden. Jetzt konnten wir nur hoffen, dass unsere wertvolle Stute nicht durch das Schäferstündchen tragend geworden war. Aber dann bestätigte der Tierarzt, dass sie tatsächlich ein Fohlen von dem Noriker bekommen würde. Da hat der Bertlhof-Bauer vielleicht einen Wutanfall gekriegt! Na ja, als dann der kleine Nori zur Welt kam ..."

„... hat er sicher noch mal geflucht!", unterbrach ich sie grinsend.

Frau Huber schüttelte den Kopf. „Nein, das hat er nicht, komischerweise. Er war sofort in das schöne, gefleckte Fohlen verliebt. Strahlend hat er mir verkündet, dass er den Nori unbedingt behalten wolle. In diesem Frühjahr wollte er ihn einfahren. Er hat nämlich neben seiner Landwirtschaft noch Touristen durch die Gegend kutschiert. Und weil das Mariechen ja auch nicht mehr die Jüngste war, sollte der Nori sie nach und nach ersetzen. Aber da wird nun wohl nichts mehr draus." Sie seufzte noch einmal.

Plötzlich klang es, als würde eine Wagenladung spitzer Steine auf das Stalldach prasseln. Auch das noch, es hagelte!

Nach einer Weile fragte ich: „Und was ist aus den übrigen Pferden vom Bertlhof geworden?"

„Wir hatten hier noch zwei Töchter vom Mariechen stehen", erklärte Frau Huber. „Sie waren ein und zwei Jahre alt. Aber vor ein paar Wochen hat der Alois sie beide verkauft. Das war auch nicht schwer, denn bestimmt werden aus ihnen später einmal wunderbare Zuchtstuten. Jetzt stehen sie bei einem großen Haflingerzüchter im Nachbarort."

„Und das Mariechen?", fragte ich.

Es donnerte wieder – so dröhnend, als würde über uns der Himmel einstürzen. Der Hengst stieg in seiner Box.

Frau Huber sah auf den Boden. „Sie war schon über zwanzig Jahre alt und ein bisschen steif. Im letzten Jahr und auch in diesem Frühling war sie nicht mehr tragend geworden. Da hat sie der Alois einfach zum Schlachter gebracht. Er meinte, er könne hier keine unnützen Fresser brauchen." Sie wischte sich die Augen. „Als die beiden Fohlen verkauft wurden, war ich eigentlich ganz froh, denn sie würden es ja gut haben, und ich hatte einen Haufen Arbeit weniger. Aber als das Mariechen vom Hof ging ..." Sie schüttelte den Kopf und sah mich dann mit wütend blitzenden Augen an. „Wenn der alte Bauer das erfahren hätte! Aber er erkennt den Alois ja nicht einmal mehr!" Dann schaute sie wieder auf ihre Stiefel. „Jetzt suchen wir noch einen Käufer für den Nori. Aber bei einem Pferd ohne Rasse ist das nicht so einfach. Nun ja, wir werden sehen."

Eine Stute, die zwanzig Jahre lang ein Fohlen nach dem anderen gebracht und brav ihre Arbeit getan hatte, einfach so zum Schlachter zu bringen – das war ja wohl eine bodenlose Gemeinheit! Was war dieser Alois bloß für ein Mensch?

„Haben Sie denn nichts dagegen machen können?", fragte ich.

Frau Huber zuckte die Schultern und schaute mich traurig an. „Seit dem Tod seiner Mutter ist der Alois Mitbesitzer vom Bertlhof. Er hat alle Vollmachten. Ja, wenn sein Vater zurückkäme! Aber niemand glaubt mehr, dass er noch jemals einen Fuß über die Schwelle seines Hauses setzen wird. Auch die Ärzte nicht."

Noch einmal grollte der Donner, doch diesmal war er schon weiter entfernt. Es hagelte auch nicht mehr, nur ein paar vereinzelte Regentropfen pladderten noch auf das Stalldach.

„Ich muss nach Hause. Meine Eltern machen sich bestimmt schon Sorgen um mich“, sagte ich und stand auf. „Vielen Dank, dass ich hier bleiben durfte. Das war ja ein scheußliches Unwetter.“

Lächelnd sah mich die alte Frau an. „Na, dann warte mal ab, bis du dein erstes Gewitter in den Bergen erlebst!“

Ich lachte. „Danke, kein Bedarf. Darf ich denn morgen Nachmittag wiederkommen?“

Frau Huber nickte. „Ja, natürlich, gerne! Aber ...“ Sie sah auf meine Hände. „Wie willst du denn mit den kaputten Fingern die völlig verdreckte Box ausmisten?“

Ich zuckte die Schultern. „Ich muss meiner Mutter morgen sowieso wieder im Garten helfen. Da werde ich das hier auch noch schaffen.“

„Na ja“, meinte Frau Huber und wiegte zweifelnd den Kopf. „Aber morgen kommt meine Nichte Pia. Manchmal geht sie mir hier zur Hand, sonst würde ich die Arbeit gar nicht schaffen. Sie kann dir doch beim Ausmisten helfen.“

Ich nickte erfreut und sah noch einmal zu dem Hengst hinüber. Es war mir gar nicht wohl bei dem Gedanken, ihn bis morgen so im Dreck stehen zu lassen – auch wenn es ganz bestimmt die letzte Nacht war, in der er so leben musste.

„Was halten Sie davon, wenn wir eine der Nachbarboxen mit sauberem Stroh ausstreuen und den Nori dort hineinstellen?“, fragte ich Frau Huber.

Sie lachte. „Na, du machst ja wirklich Nägel mit Köpfen“, meinte sie. „Aber warum nicht? Wenn ihr morgen dort auch noch sauber macht ...“

Bald stand Nori in einem ordentlichen Stall, und ich konnte beruhigt nach Hause gehen. Es nieselte immer noch, und die Straße war voller Pfützen, in denen kleine Eisstücke schwammen. Bald waren meine Schuhe klatschnass. Ich musste die ganze Zeit an das arme Mariechen denken. Und der Nori sollte auch verkauft werden. Aber vielleicht würde er ja hier in Hirschau bleiben. Oder er würde in einen Nachbarort kommen wie seine Schwestern. Dann könnte ich ihn weiterhin besuchen.

Aber warum war ich trotzdem so traurig?

Am nächsten Morgen hatte der Regen aufgehört. Doch Mama kroch trotzdem mit steifen Knochen und missmutigem Gesicht durchs Haus. Bei ihr war eine saftige Erkältung im Anmarsch. Heute würde also nichts aus der Gartenarbeit werden, stattdessen konnte ich nach Lust und Laune faulenzen. Das hatte ich mir ja auch redlich verdient.

Ich schlenderte zum Freibad von Hirschau, legte mich auf die Wiese, schwamm ein wenig, las in einem Pferdebuch und wartete darauf, dass es Nachmittag wurde. Gegen drei Uhr war ich an Noris Weide, gab ihm Äpfel und kraulte ihn. Und um halb vier stand ich im Pferdestall und suchte nach einer Mistgabel.

„Hallo!“, erklang plötzlich eine laute Stimme hinter

mir. Erschrocken fuhr ich zusammen. Dann drehte ich mich langsam um.

Ein kräftiges Mädchen mit einem dunklen Pferdeschwanz stand in der Tür und strahlte mich an. Das musste Pia sein. Ihre braunen Augen blitzten genau wie die ihrer Tante. In ihren Händen hielt sie zwei Mistgabeln. „Bist du die Zugereiste, die unbedingt den Stall ausmisten will?“, fragte sie.

„Richtig geraten“, erwiderte ich lächelnd. „Wo hier in Bayern doch die Pferde im Schmutz ertrinken ...“

Sie lachte. „Recht hast! Verstehst wohl ein bisschen was von den Viechern, hm?“

„Im Ruhrgebiet habe ich zwei Jahre lang Reitunterricht gehabt. Da schnappt man schon mal was auf“, erklärte ich betont bescheiden. Pia war bestimmt mit Tieren groß geworden. Wahrscheinlich konnte ich mit ihrem Wissen sowieso nicht mithalten. Da hielt ich mich besser ein bisschen zurück.

„Na prima“, meinte sie. „Dann wollen wir mal loslegen!“ Sie drückte mir eine der Mistgabeln in die Hand, und wir machten uns an die Arbeit.

Schubkarre beladen – alles auf den Misthaufen um die Ecke fahren – noch mal Schubkarre beladen – wieder Mist wegfahren – und am Ende noch die beiden Boxen auskehren, Stroh einstreuen, Hafer in den Futtertrog schütten und Heu auf dem Boden verteilen.

Wir brauchten mehr als zwei Stunden, bis wir das alles geschafft hatten. Während der Arbeit unterhielten wir uns kaum. Immerhin erfuhr ich, dass außer Nori und „Tante Adele“ noch zwanzig Kühe, fünf

Sauen mit ihren Ferkeln, zwölf Hühner samt Hofhahn, ein paar Enten, sechs Katzen und ein alter hinkender Hund namens Rabauke auf dem Bertlhof lebten. „Wenn der Alois den armen Hund auch noch einschläfern lassen will, prügelt ihn Tante Adele eigenhändig aus dem Haus“, sagte Pia bestimmt, bevor sie die letzte Karre zum Misthaufen schob. Ich glaubte ihr aufs Wort.

Pia mochte ich auf Anhieb. Sie wirkte offen und fröhlich, sie liebte Tiere, und richtig anpacken konnte sie auch. Doch sogar sie war froh, als wir endlich fertig waren. „Puh, das war wirklich krass“, seufzte sie und ließ sich auf einen Strohballen sinken. Ich setzte mich neben sie und sagte überhaupt nichts mehr. Meine verpflasterten Hände taten weh, mein Rücken schmerzte, und ich hatte einen Riesendurst.

Nach einer Weile reckte Pia sich, schaute mich an und meinte: „Weißt was, wir gehn jetzt in die Küche. Tante Adele hat nämlich für uns gekocht, und ich habe einen g'scheiten Hunger. Der Nori bleibt sicher gern noch ein wenig auf der Weide.“

„Oh“, sagte ich erfreut. Wo man essen kann, gibt es nämlich meistens auch was zu trinken. Außerdem knurrte mir inzwischen ebenfalls der Magen. Wir überquerten den Hof, zogen uns die Stiefel aus und betraten das alte Bauernhaus. Es war klein, wirkte aber sehr gemütlich mit seinem alten Holzfußboden, den tiefen Balkendecken und den vergilbten Fotos an den Wänden. Pia führte mich in die Küche. Vor dem alten weißen Herd stand Tante Adele und rührte in einem dampfenden Kochtopf. Zu ihren Füßen lag ein

Schäferhund mit grauer Schnauze, der schwach mit dem Schwanz wedelte. Pia kraulte ihn hinter den Ohren, woraufhin er zufrieden seufzte.

Ich setzte mich auf die Eckbank an dem großen Küchentisch und griff nach einem der Gläser mit Sprudelwasser, die direkt vor meiner Nase standen. Ohne lange zu fragen leerte ich es zur Hälfte in einem Zug.

„Na, habt's alles fertig?", fragte Tante Adele, belud einen Teller bis zum Rand mit Sauerkraut und Knödeln, hievte eine Schweinshaxe darauf und übergoss ihr Kunstwerk noch schwungvoll mit einer braunen Soße. Dann stellte sie den Essensberg direkt vor meine Nase.

„Äh, wie soll ich denn das alles schaffen?", fragte ich entsetzt.

„Wer arbeitet, muss auch essen", sagte Tante Adele bestimmt, platzierte einen ebenso vollen Teller vor Pias Nase und bediente sich dann selbst.

Vorsichtig schnitt ich die dicke Fettschicht von meiner Schweinshaxe ab und beförderte die wabernde Masse an den kaum noch sichtbaren Tellerrand. Tante Adele und Pia dagegen zogen große Stücke von dem Fett durch die Soße und schoben sie sich zwischen die Zähne.

„Hmmm!", machte Pia und wischte sich den triefenden Mund mit einer Serviette ab. Ich probierte das Fleisch. Tatsächlich, es schmeckte prima. Das Sauerkraut und die Knödel waren auch nicht zu verachten. Jetzt langte ich richtig zu.

„Es scheint, als würde die junge Mandlhof-Bäuerin

ihre Sache sehr gut machen“, sagte Tante Adele zu ihrer Nichte.

Pia nickte. „Auf jeden Fall macht der Unterricht bei ihr einen Riesenspaß. Ihr Vater war ja schon ein Klasse Reitlehrer. Aber ich finde, sie ist noch besser als er.“

„Na, sie hat ja auch schon viele Rösser auf der ganzen Welt gesehen“, brummte Tante Adele und schnitt sich noch ein Stück Speckschwarte ab.

„Nimmst du Reitunterricht?“, fragte ich neugierig.

„O ja, schon seit sechs Jahren“, erklärte Pia. „Im Nachbarort Bischofsfelden gibt es einen tollen Reitstall, den besten hier in der Gegend.“

„Der alte Besitzer ist vor über fünfzig Jahren als Jugendlicher aus Ostpreußen hierher gekommen“, ergänzte Tante Adele. „Er war ein rundherum liebenswerter Mensch. Leider ist er in diesem Frühjahr gestorben ... Na, wie auch immer, damals hatte er zwei Trakehner Stutfohlen aus seiner Heimat mitgebracht. Zuerst war er mit seinen Pferden als Knecht auf dem Mandlhof angestellt, aber dann hat er die Bauerstochter geheiratet. Gemeinsam haben die beiden eine kleine, in ganz Deutschland bekannte Trakehnerzucht aufgebaut. Und irgendwann haben sie die Landwirtschaft aufgegeben und stattdessen einen Reitstall eröffnet. Tja, die alte Frau Seeberg ist nun auch schon seit zwanzig Jahren tot. Aber die beiden hatten eine Tochter, die beruflich durch die halbe Welt gereist ist. Jetzt hat sie mit ihren vierunddreißig Jahren endlich den Hof übernommen. Und wie Pia schon sagte: Sie soll g’scheit viel von Pferden verstehen und einen tollen Reitunterricht geben.“

Meine Gedanken überschlugen sich. Eigentlich wollte ich hier ja nicht sofort wieder mit dem Reiten anfangen. Aber was die beiden da erzählten, machte mich doch sehr neugierig.

„So, fertig!“, verkündete Pia plötzlich. Ich sah auf meinen Teller. Tatsächlich, nur noch der dicke Haxenknochen ragte einsam aus einer Pfütze brauner Soße hervor, und die Fettschicht waberte traurig am Tellerrand vor sich hin. Tante Adele bemerkte meinen erstaunten Blick und lachte. „Na, hättst wohl nicht gedacht, dass die Stallarbeit so einen Hunger macht.“

„Bei uns zu Hause habe ich auch öfter Pferdeställe ausgemistet“, erwiderte ich.

„Aber bestimmt nicht zwei Stunden lang ohne Pause“, seufzte Pia und lehnte sich müde zurück. „Zugegeben, auch ich hab schon lang nicht mehr so geschuftet.“

„Sag mal, machen sich deine Leut denn keine Sorgen?“, fragte Tante Adele auf einmal. Ich sah auf die Uhr und bekam einen Schrecken. Schon kurz nach acht! Zum Glück hatte ich meinen Eltern gesagt, dass es heute später werden könnte, weil ich hier auf dem Bertlhof im Pferdestall helfen wollte. Aber jetzt wurde es wirklich Zeit.

„Stimmt, ich muss gehen“, sagte ich und stand eilig auf. „Vielen Dank für das gute Essen! Darf ich morgen früh den Nori putzen?“

„Natürlich.“ Tante Adele lachte. Ich stellte noch mein Geschirr in das alte Spülbecken und verließ dann den Hof. Nachdem ich mich von Nori verabschiedet hatte, rannte ich nach Hause.

Am nächsten Morgen hatte sich das Wetter wieder beruhigt. Meiner Mutter ging es allerdings immer noch nicht besser. Ihre Augen waren geschwollen und tränten, ihre Nase lief, und ständig hörte ich sie irgendwo im Haus husten. Ich musste mich also gar nicht um die Gartenarbeit drücken, um so schnell wie möglich wieder zu Nori zu kommen.

„Möchtest du mir vielleicht vom Bertlhof erzählen?", fragte Mama beim Frühstück. Klar wollte ich. Ausführlich berichtete ich von Nori, Tante Adele und Pia. Auch die Geschichte über diesen Alois und seine Machenschaften ließ ich nicht aus. Ich wurde wieder richtig wütend, als ich davon erzählte. Als ich endlich fertig war, nickte meine Mutter nur und putzte sich schnaubend die Nase. „Na, dann kann die Frau Huber ja ein bisschen Unterstützung gebrauchen", sagte sie und lächelte mich mit ihren tränenden Augen an.

Ich war erleichtert. Insgeheim hatte ich befürchtet, dass sie mir vielleicht verbieten würde zu Nori zu gehen. Schließlich war er ein Hengst, und die sind nicht immer so einfach zu handhaben. Auch wenn Nori da eine Ausnahme war. Aber davon schien Mama zum Glück keine Ahnung zu haben.

„Wenn es mir wieder besser geht, brauche ich aber noch mal deine Hilfe für die Arbeit im Garten", fuhr Mama fort. „Alleine schaffe ich das hier nie und nimmer." Ich versprach es ihr hoch und heilig.

Nach dem Frühstück kramte ich mein Putzzeug aus dem Schrank und verstaute es in einer Tüte. Als ich wenig später den Bertlhof betrat, kam Rabauke auf mich zu gehumpelt und wedelte mit dem Schwanz. Er leckte mir die Hand und ließ sich genüsslich den Kopf streicheln.

Tante Adele war nirgendwo zu sehen. Vielleicht war sie auf der Weide bei den Kühen.

Als ich in den Stall kam, sah Nori mich mit seinen dunklen Augen freundlich an. Er trug sein Halfter, und auf dem Strohballen vor seiner Box lagen deutlich sichtbar ein Strick, ein Striegel, eine Bürste und ein Hufkratzer. Daneben lag ein großer Zettel mit der Aufschrift: „Hallo! Hol den Nori ruhig aus dem Stall und putze ihn. Er ist sehr brav. Ich komme bald zurück. Adele Huber."

Zufrieden gab ich dem Hengst einen Apfel, befestigte den Strick an seinem Halfter und führte ihn auf den Hof. Mit gespitzten Ohren folgte er mir. An der Stallwand war auf Brusthöhe ein Ring in die Mauer eingelassen. Ich band Nori daran fest und begann mit der Arbeit. Er schien das Striegeln zu mögen, denn er drückte sich mir regelrecht entgegen. Ich rubbelte und kratzte, was das Zeug hielt. Nach einer Stunde war der Boden um Nori herum mit Mist, Schmutz und Haaren bedeckt, und ich selber starrte vor Dreck. Doch immer noch gab es in Noris Fell schmutzige, verklebte Stellen. Und mit seiner verfilzten Mähne hatte ich noch nicht einmal angefangen! Langsam wurde es wirklich anstrengend. Seufzend besah ich mir die Misere. Rabauke, der mir humpelnd auf den Hof gefolgt war, strich um meine Beine. Ich setzte mich hin und drückte den Kopf in sein Fell.

Da kam endlich Tante Adele mit eiligen Schritten

durchs Hoftor. „Na, der Nori sieht ja schon viel sauberer aus als heute Morgen. Gute Arbeit, Mädel“, sagte sie schnaufend.

Ich warf ihr einen zweifelnden Blick zu.

„Was hältst du davon, ihn einmal gründlich von oben bis unten mit Kernseife abzuschrubben?“, fragte Tante Adele.

Verdutzt sah ich sie an.

„Der alte Bauer hat seinen Pferden öfter mal Mähne und Schweif gewaschen, der Nori ist so was gewöhnt“, fuhr sie fort. „Ohne Seife wirst du Tage brauchen, um ihn richtig sauber zu kriegen.“

„Stimmt.“ Ich lachte. „Also gut, ich werde es versuchen.“

Tante Adele ging ins Haus und kam kurz darauf mit einer durchsichtigen Plastikflasche zurück. „Die ist noch halb voll. Wenn du die Seife mit Wasser verdünnst, dürfte es reichen. Ich werde den Schlauch in der Waschküche anschließen, dann hast du warmes Wasser.“

Der Hengst schien mit der nassen Angelegenheit wirklich vertraut zu sein, denn er hielt ganz still – sogar, als ihm das Wasser direkt um die Ohren zischte. Als ich fertig war, brachte Frau Huber mir noch zwei saubere Tücher, mit denen ich Noris Augen und Nüstern und sein Hinterteil gründlich säuberte. Dann kratzte ich ihm noch die Hufe aus. Er muss wirklich dringend zum Schmied, dachte ich. Aber noch wollte ich das Tante Adele nicht sagen. Schließlich wollte ich nicht aufdringlich und besserwisserisch wirken.

Zufrieden betrachtete ich mein Werk. Über zwei

Stunden hatte ich gebraucht, aber jetzt war Nori blitzsauber. Mit glänzendem Fell stand er da und sah noch schöner aus als sonst.

„Oh, haben wir ein neues Pferd?“, fragte Frau Huber. Sie stand in der Haustüre und strahlte mich an. Ich lachte stolz.

Gemeinsam brachten wir den Hengst auf die Weide, dann mistete ich noch seine Box aus.

Frau Huber bedankte sich herzlich bei mir, und als ich fragte, ob ich morgen wiederkommen dürfe, freute sie sich sehr.

Nori wieherte mir leise zu, als ich an seiner Weide vorbeiging. Sein geflecktes Fell und seine weiße Mähne leuchteten in der Sonne. Ich hatte so gute Laune wie schon lange nicht mehr.

Von nun an ging ich jeden Tag zum Bertlhof – meistens nachmittags, wenn meine Mutter mich endlich aus der Gartenarbeit entließ. Ich mistete Noris Box aus, holte ihn von der Weide und putzte ihn gründlich. Außerdem kehrte ich die Stallgasse, entfernte die Spinnweben und fettete die Geschirre in der Sattelkammer ein. Am Sonntag fragte mich Frau Huber, ob ich ihr helfen wolle, wenn morgen Nachmittag der Hufschmied käme. Natürlich wollte ich!

Hier und da fand ich auch noch Zeit, um ihr mit den anderen Tieren zu helfen. Manchmal war auch Pia mit dabei. Dann saßen wir nach der Arbeit am Holztisch im Hof, streichelten Rabauke und die Katzen, tranken Kakao und aßen Plätzchen. Und wir redeten über Pferde. Pia war auf dem Gebiet ein echter

Profi. Auf Gut Wildeck hatte ich nicht die Hälfte von dem gelernt, was sie alles wusste. Aber bestimmt lag das auch daran, dass sie schon viel länger Reitunterricht hatte als ich. Ich erfuhr eine Menge über ihre Reitschule. Etwa zehn Schulpferde gab es auf dem Mandlhof, die an sechs Tagen pro Woche drei Reitstunden absolvierten. Außerdem standen dort fünf Trakehner-Zuchtstuten, die hier und da einmal als Schulpferde eingesetzt wurden, und zwei preisgekrönte Zuchthengste – ein Trakehner und ein schweres Oldenburger Warmblut. Daneben wohnten auf dem Hof noch etwa fünfundzwanzig Privatpferde. Die neue Besitzerin Frau Seeberg war als junges Mädchen eine der erfolgreichsten Turnierreiterinnen in der Gegend gewesen. Mit den Pferden vom Mandlhof hatte sie sogar S-Springen und schwere Dressuren gewonnen.

„Kein Wunder bei dem Vater“, fand Pia.

Anschließend hatte Frau Seeberg Landwirtschaft studiert und danach acht Jahre lang in der Entwicklungshilfe gearbeitet. „Zuerst war sie in der Mongolei und dann in Nepal, an der Grenze zu Tibet“, erklärte Pia mit leuchtenden Augen. „Mensch, die kann vielleicht Geschichten erzählen!“

Ich wurde immer neugieriger auf Pias Reitschule. Einmal stand ich nach dem Einkaufen vor einer Landkarte und suchte nach dem Ort Bischofsfelden. Allzu weit schien er nicht entfernt zu sein. Ich fand auch heraus, dass es mehrere Buslinien in diese Richtung gab. Es ließ mir einfach keine Ruhe mehr. Ich wollte den Mandlhof unbedingt mit eigenen Augen sehen.

Trotzdem traute ich mich nicht, Pia einfach zu fragen, ob ich mal mitkommen dürfte. So gut kannte ich sie ja noch nicht. Vielleicht wollte sie lieber allein zum Reiten gehen? Außerdem musste ich immer noch an Sternenglanz und Gut Wildeck denken. Einfach so zu einem anderen Reiterhof zu gehen, wäre mir fast wie ein Verrat vorgekommen. So vergingen über zwei Wochen zwischen Gartenarbeit und Pferdestall. Eines Mittags ließ meine Mutter zufrieden ihren Blick über unseren gepflegten Garten schweifen, in dem nun das Unkraut gejätet, die Sträucher beschnitten waren und die Blumen in ordentlichen Reihen blühten. „Ich glaube, wir sind hier erst mal fertig“, sagte sie. „Komm, ich mache uns etwas zu essen.“

Sie war heute richtig fröhlich, denn eben war mit der Post die Zusage zu einer Halbtagsstelle beim Berchtesgadener Tourismusamt eingetrudelt. Als sie sich für meine Hilfe bedankte, fiel ihr Lob geradezu überschwänglich aus. „Überlege dir mal, wie ich dich für die viele Arbeit entschädigen kann“, sagte sie am Schluss. Ich nickte erfreut. Insgeheim hatte ich schon eine Idee, aber die wollte ich meiner Mutter noch nicht sofort auf die Nase binden. Also erbat ich mir ein paar Tage Bedenkzeit.

Am nächsten Tag saß ich wieder mit Pia auf der Holzbank in der Sonne. Zum ersten Mal erzählte ich ihr von Gut Wildeck und von Sternenglanz. „Und der Reitunterricht auf dem Mandlhof ist wirklich so toll?“, fragte ich am Ende. Es war mir herausgerutscht, bevor ich noch richtig darüber nachdenken konnte.

Pia lachte. „Oh ja, darauf kannst du dich verlassen. Frau Seeberg ist eine absolute Pferdeexpertin und in der ganzen Gegend bekannt. Manche Reitschüler kommen aus hundert Kilometern Entfernung, um von ihr unterrichtet zu werden. Einige haben sogar richtig viel Geld. Sie besitzen eigene Pferde, die sie auf dem Mandlhof untergestellt haben und die von Frau Seeberg für Turniere trainiert werden."

Ich war hin und her gerissen von ihren Erzählungen. Von einer bekannten Pferdeexpertin unterrichtet zu werden, war sicher eine tolle Sache. Mein Reitlehrer in Duisburg war bestimmt nicht so gut gewesen. Trotzdem hatten auch auf Gut Wildeck ein paar Leute ihre Turnierpferde eingestellt, ließen sich von ihm Privatunterricht erteilen und wurden stets mit Hochachtung behandelt. Sie brachten der Reitschule eben viel mehr Geld ein als wir einfachen Reitschüler. Einige von diesen Privatreitern waren ja ganz nett, aber die meisten hatten uns ziemlich herablassend und unfreundlich behandelt. Hoffentlich wimmelte der Mandlhof nicht von solchen Typen! Aber eigentlich konnte ich mir nicht vorstellen, dass ausgerechnet Pia sich in so einer Umgebung wohl fühlen würde. Vielleicht gab sie ja auch nur ein bisschen an, und der Mandlhof war ein stinknormaler Reitstall mit einer durchschnittlichen Reitlehrerin. Egal, ich wollte mir diesen Mandlhof endlich einmal aus der Nähe ansehen.

„Würdest du mich mal mitnehmen?", fragte ich, und mein Herz klopfte bis zum Hals.

„Na klar", sagte Pia und strahlte.

Der Traum vom Reiten

Vor mir lag das Tor eines riesigen, piekfeinen Gestüts. Mit Nori am Zügel ging ich hinein und sah mich ängstlich um. Überall führten Stallhelfer in schicken Uniformen glänzende Pferde mit eingeflochtenen Mähnen und bandagierten Beinen umher. Die Reiter, die lässig zwischen ihnen herumspazierten, trugen schicke Lederstiefel und die teuersten Reitklamotten. Oh Mann ...

Plötzlich kam Pia in einem giftgrünen Abendkleid und mit hochhackigen Schuhen auf mich zu stolziert. „Tut mir Leid, Frau Seeberg hat heute leider keine Zeit für dich", sagte sie mit wichtiger Miene. „Und beim nächsten Mal solltest du nach Möglichkeit ein besseres Pferd mitbringen."

Erschrocken riss ich die Augen auf und starrte in das schummerige Zwielicht meiner Räuberhöhle. Langsam dämmerte mir, dass ich geträumt hatte. Puh! Doch als ich an den bevorstehenden Besuch auf dem Mandlhof dachte, spürte ich gleich wieder ein Kribbeln im Magen. Hoffentlich sah es da anders aus als auf dem Hof in meinem Traum. Gestern Abend hatte ich mit meinen Eltern über den Mandlhof gesprochen. Die beiden hatten sich bedeutungsvoll angeschaut, und dann hatte meine Mutter gesagt: „Sieh dir alles genau an. Falls es dir gefällt, fahre ich mal mit dir zusammen hin. Und wenn der Reitstall in Ordnung ist, kannst du gerne dort Unterricht nehmen."

Hatte sie geahnt, dass es genau das war, was ich mir als Belohnung für die Gartenarbeit gewünscht hatte?

Jetzt war es endlich so weit: Heute würde ich den Mandlhof zum ersten Mal mit eigenen Augen sehen. Kein Wunder, dass ich aufgeregt war. Schnell sprang ich aus dem Bett und ging unter die Dusche.

Den Vormittag verbrachte ich bei Nori. Ich putzte ihn besonders gründlich und wusch ihm Mähne und Schweif mit Kernseife. Dann säuberte ich seine Box, bis auch der letzte schmutzige Strohhalm entfernt war. Zu Hause bürstete ich meine schwarze Reithose und wienerte meine Stiefel. Lange stand ich danach vor dem Kleiderschrank. Ich wählte mein schönstes T-Shirt aus.

Als ich mich um drei Uhr mit Pia an der Bushaltestelle traf, zog sie erstaunt die Augenbrauen hoch. „Schick", meinte sie und warf einen Blick auf ihre verwaschenen Jeans. „Meine Reithose ist gerade in der Wäsche." Ich fühlte mich etwas unbehaglich. Doch da kam schon der Bus und schaukelte uns nach Bischofsfelden.

Weil der Mandlhof am Ortsausgang lag, mussten wir ein paar Minuten dorthin zu Fuß gehen. Dann bogen wir um eine Ecke, und Pia streckte theatralisch den Arm aus. „Da sind wir."

Vor mir stand ein mächtiges Bauernhaus. Das heißt, eigentlich war es gar kein Haus. Mit seinen dicken Mauern, den runden Fensteröffnungen in der oberen Etage und dem eleganten Türmchen auf seinem Dach sah es eher so aus wie ein kleines Schloss. An seiner Straßenseite prangte ein großes Gemälde von Sankt Georg auf einem edlen Falben, der einen schaurigen Drachen unter seinen Hufen zermalmte.

Auf dem großen Hof neben dem Schlösschen stand eine weiß getünchte Kapelle, und gleich dahinter sah ich ein großes altes Stallgebäude. Alles war von einer hohen Mauer umgeben. Wir traten durch das schmiedeeiserne Tor. „Romantisch, nicht wahr?", meinte Pia. „Das Schlösschen ist fast vierhundert Jahre alt, und die Kapelle stammt sogar noch aus dem Mittelalter. Der Hof war nämlich früher mal eine richtige Burg. Hinter den Gebäuden gibt es sogar noch einen Festungsgraben."

„Cool", sagte ich bewundernd. Jetzt standen wir in dem Innenhof. Ein Mädchen mit einer Brille und kinnlangen braunen Haaren putzte gerade eine edle weiße Stute.

„Das ist Valentine mit ihrer Araberstute Sheila bint Shaklan. Die ist in Ordnung", erklärte Pia. Ich sah sie verwirrt an, und sie lachte. „Ich meine eigentlich das Mädchen und das Pferd." Fröhlich winkte sie Valentine zu und zog mich dann weiter Richtung Stallgebäude. Pia öffnete die Tür, und wir gingen hinein.

„Wow", machte ich. Vor mir lag eine große Halle,

deren Gewölbedecke von dicken Säulen gestützt wurde. Der Raum wurde von halbrunden Fenstern in ein warmes Licht getaucht. Je fünf Pferdeboxen zogen sich an beiden Seiten entlang, und noch zwei Mal fünf Boxen standen in zwei Reihen in der Mitte. Die meisten waren leer, doch aus einigen sahen uns ein paar Pferde neugierig entgegen.

Pia blieb vor einer Box stehen, in der eine kleine schlanke Fuchsstute stand. Das Pferd spitzte die Ohren, grummelte leise und kam auf uns zu.

„Das ist California Dream", erklärte Pia strahlend und gab der Stute einen Apfel. „Sie ist ein Vollblut von der Rennbahn und mein absoluter Liebling. Ich werde sie gleich reiten." Liebevoll kraulte sie das Pferd hinter den Ohren.

Aha, sie wusste also schon, welches Pferd sie in der Reitstunde bekommen würde. Mein Reitlehrer hatte das immer erst kurz vor dem Unterricht entschieden.

Während Pia weiter mit California Dream schmuste, ging ich zwischen den Boxenreihen entlang. Die Pferde schienen gut gepflegt zu sein. Spuren von Satteldruck oder zu lange Hufe sah ich bei keinem von ihnen. An jeder Tür hing ein Schild mit dem Namen des Pferdes, seiner Rasse, seiner Abstammung und seinem Eigentümer. An der rechten Seite standen zwei Vollblüter, ein Fjordpferd, ein Reitpony und ein Haflinger. Links waren vier Warmblüter und ein Lipizzaner untergebracht. Auf allen Tafeln stand: „Besitzer: Marianne Seeberg". Das waren wohl die Reitschulpferde. Ich schaute in die Boxen hinein. Sie waren sauber ausgemistet und mit viel Stroh gefüllt. Die Futtertröge waren aus Stein, und neben jedem gab es eine Selbsttränke und einen Salzleckstein.

Ich bog in den zweiten Boxengang ein. Links waren alle Ställe leer. Den Schildern nach mussten dort die Trakehnerstuten untergebracht sein. Die Eigentümerin hieß wieder Marianne Seeberg. Hier residierten also die Zuchtstuten vom Mandlhof. Die Pferde auf der rechten Seite waren ebenfalls Warmblüter, aber sie hatten verschiedene Besitzer. Drei Boxen standen leer.

„Tür frei!“, erklang plötzlich eine energische weibliche Stimme vom Eingang her. Mit elastischen Schritten trat ein etwa vierzehnjähriges Mädchen neben einem eleganten braunen Warmblut durch das Tor. Sie war schlank und hatte hüftlange schwarze Haare. In ihrer eleganten hellen Reithose, den Lederreitstiefeln und dem roten T-Shirt sah sie sehr gut aus. Ich trat zur Seite und sagte freundlich: „Hallo.“ Sie nickte mir kurz zu, schloss die Boxentüre und nahm dem Braunen die Trense ab. Pia war hinter mich getreten und stieß mir ermutigend in die Seite.

„Na, hat's geklappt?“, fragte sie, als die dunkelhaarige Schönheit herauskam.

Sie sah uns mit halb geschlossenen Augen unter langen Wimpern an. „Wir haben ein bisschen daran arbeiten müssen, aber jetzt hat er's wohl kapiert“, sagte sie dann.

„Prima“, meinte Pia. „Und wo ist Frau Seeberg jetzt?“

Einen Augenblick lang sah es tatsächlich so aus, als

würde unser Gegenüber darüber nachdenken, ob sie überhaupt antworten sollte. „Im Wäldchen“, sagte sie dann. „Sie reitet gerade Almwind.“

„Vielen Dank“, erwiderte Pia und deutete auf mich. „Das ist übrigens Nina.“

Ich war fast erstaunt, als die Schöne doch noch ein „Hallo“ herausbrachte. Da zog mich Pia schon aus dem Stall.

„Und, wie findest du Cornelia?“, fragte sie und sah mich von der Seite an.

„Na, ich weiß nicht“, brummte ich.

„Keine Angst, hier sind nicht alle so“, lachte Pia. „Cornelia ist wirklich Alarmstufe rot. Ihrem Vater gehört das größte Sägewerk in der Gegend. Das verkraftet sie wohl nicht so ganz. Du solltest sie mal sehen, wenn sie mit ihrer Freundin Viktoria über den Hof stolziert. Zwei richtige Barbiepuppen. Als Duo sind sie wirklich unschlagbar.“ Sie grinste.

Wir bogen auf einen Sandweg ein. Er führte durch ein Tor in der Mauer, über einen kleinen Graben und zwischen zwei Reitplätzen hindurch. Rechts davon lag ein großes modernes Gebäude, das mit seinem hohen gläsernen Dach wie eine Reithalle aussah. Boxen mit kleinen Außenpaddocks zogen sich an seiner Wand entlang. Im Hintergrund sah ich weitläufige Weiden, die mit weißen Holzzäunen umgeben waren. Einige Stuten mit ihren Fohlen und ein paar andere Pferde grasten darauf.

Wir gingen ein Stück durch einen Wald, und plötzlich öffnete sich vor uns eine Lichtung. Dort stand eine Holzhütte mit einem Metalltisch und vier Stühlen davor. Gurgelnd floss ein Bach daran vorbei. Überall blühten Blumen. Direkt vor uns befand sich ein kleiner Reitplatz. Die Sonne fiel durch die Blätter und tauchte alles in goldenes Licht.

Das ist der schönste Ort zum Reiten, den ich je gesehen habe, dachte ich.

Auf dem Platz arbeitete ein dunkelbrauner Hengst. Er musste riesengroß sein, denn seine blonde Reiterin wirkte auf seinem Rücken sehr klein, fast zerbrechlich. Ob das Almwind und Frau Seeberg waren?

Das Sonnenlicht spiegelte sich auf dem schweißfeuchten Hals des Hengstes, und seine weit geöffneten Nüstern vibrierten. Die schlanken Beine hoben und senkten sich gleichmäßig. Er piaffierte – so schön, als würde er zu einer unhörbaren Musik tanzen. Dann ging er in eine stolze, elegante Passage über. Mit offenem Mund ließ ich mich auf einen Stuhl sinken. Die Frau konnte ja wirklich superklasse reiten!

So, wie Frau Seeberg im Sattel saß, wirkte sie fast wie ein junges Mädchen. Sie hatte eine zierliche Figur, und ein langer dicker Zopf fiel ihr weit über den Rücken. Oder war es einfach nur ihre wunderbare Art zu reiten? Sie schien mit ihrem Pferd verwachsen zu sein. Ich schaute ganz genau hin, aber ich konnte kaum erkennen, dass sie ihm irgendwelche Hilfen gab.

Jetzt bemerkte uns Frau Seeberg. Sie ließ Almwind Schritt gehen, lenkte ihn zum Zaun und klopfte ihm den Hals. Wir gingen zu ihr.

„Guten Tag“, sagte ich mit rauer Stimme.

„Hallo“, meinte sie freundlich und gab mir vom

Pferd herunter die Hand. „Du bist wohl die Nina."

Ich nickte stumm.

Aus der Nähe gesehen wirkte Frau Seeberg nicht mehr ganz so jugendlich. Sie war auffällig braun – aber nicht so, als hätte sie wochenlang am Meer in der Sonne gelegen. Es sah eher so aus, als hätte sie Jahr für Jahr jeden Tag draußen gearbeitet. Feine Linien durchzogen ihr Gesicht. Ihre großen blauen Augen leuchteten freundlich. „Pia hat mir schon erzählt, wie gut du dich um Nori kümmerst", sagte sie jetzt.

Ich spürte, wie ich rot wurde. „Er ist ja auch wunderschön. Und so lieb", erwiderte ich schüchtern.

Sie runzelte die Stirn. „Viele Reiter würden behaupten, er sei nur ein schwerer Bock ohne Papiere und zu nichts zu gebrauchen. Freut mich, dass du das anders siehst." Mein Gesicht musste inzwischen eine satte Purpurfarbe angenommen haben.

Frau Seeberg ließ den Hengst wieder Schritt gehen, bevor sie weitersprach. „Pia, wie lange hast du denn heute Zeit?"

„Ich muss erst um acht wieder zu Hause sein", antwortete das Mädchen.

Frau Seeberg nickte. „California hat sich gestern beim Reiten wieder ziemlich aufgeheizt. Ein gemütlicher Ausritt würde ihr heute bestimmt gut tun. Du kannst auch ruhig mal einen flotten Galopp einlegen. Um sechs solltet ihr aber zurück sein, denn sie ist für die erste Abend-Reitstunde eingeteilt und soll vorher in Ruhe fressen."

„Okay", sagte Pia. Dann wandte sie sich an mich. „Ich mache jetzt California fertig und reite dann los.

Du kannst dich hier gerne noch ein wenig umsehen oder weiter Frau Seeberg zuschauen."

Ich ließ mich wieder auf den Stuhl fallen und dachte nach. Pia hatte heute also gar keinen Unterricht. Ob sie California gemietet hatte? Dann war sie bestimmt eine gute Reiterin. Unser Reitlehrer hatte seine Pferde nämlich nur an seine besten Schüler vermietet. Und auch das war selten, denn die Tiere hatten ja mit den Reitstunden schon genug zu tun. Aber warum hatte Frau Seeberg ihr dann so genaue Anweisungen gegeben? Ich hoffte, dass Pia mir mehr erzählen würde, wenn sie von dem Ausritt zurückkam.

Frau Seeberg schien meine Verwirrung bemerkt zu haben, denn als sie Almwind nach einiger Zeit die Zügel lang ließ, fragte sie: „Pia hat dir wohl nicht erzählt, dass sie meine Pferde reitet?"

Interessiert trat ich an den Zaun, und sie fuhr fort: „Die sieben oder acht Besten meiner Reitschüler bekommen jeweils ein oder zwei meiner Schulpferde in Pflege. Sie reiten sie etwa zwei- bis dreimal die Woche außerhalb der Reitstunden. Pia, die ja schon lange bei uns ist, hat viel Gefühl für sensible, nervöse Pferde und kümmert sich um meine beiden Vollblüter."

Nun wurde ich erst recht neugierig. Pia gehörte also zu den besten Reitern hier im Stall. Und ich Trottel hatte sie für eine Angeberin gehalten! Aber warum mussten die armen Schulpferde denn auch noch außerhalb der Stunden arbeiten? Vorsichtig fragte ich nach.

Frau Seeberg lächelte. „Schau, ein Pferd, das immer

nur von schlechten Reitern geritten wird, verkrampft sich schnell, wird hart im Maul und hat meistens Schmerzen. Bald gehorcht es nur noch, wenn es am Zügel gerissen und mit den Fersen traktiert wird. Es reagiert gar nicht mehr wie ein normales Pferd. Klar, dass auf so einem Tier niemand mehr ordentlich Reiten lernen kann. Das alles lässt sich nur vermeiden, wenn die Schulpferde immer wieder von guten Reitern Korrektur geritten werden und sich dabei entspannen können." Prüfend sah sie mich an. „Von deinem alten Reitstall kennst du so etwas wohl nicht?"

Ich schüttelte den Kopf und sah betreten auf meine Stiefelspitzen. Trotzdem hörte ich, wie Frau Seeberg leise seufzte. Sie stieg ab, lockerte den Sattelgurt und kam mit Almwind an den Zaun. Verdutzt schaute ich sie an. Der Hengst war gar nicht so übermäßig groß. Frau Seeberg war klein! Ich war mit meinen dreizehn Jahren bestimmt keine Riesin, aber Frau Seeberg musste sogar zu mir aufschauen.

„Ich gebe gleich eine Reitstunde auf dem großen Platz", sagte sie jetzt. „Wenn du möchtest, kannst du dabei zusehen."

Ich nickte begeistert und beobachtete, wie sie mit Almwind auf der anderen Seite des Wäldchens verschwand. Ob dort auch noch Stallungen waren? Ich platzte vor Neugier, aber ich wollte nicht wie ein herrenloses Hündchen hinter ihr hertrotten. Also ging ich zurück zum Hof.

Auf dem großen Platz sammelten sich schon die Reiter, alles Mädchen und Jungen von etwa acht bis zehn Jahren. Drei ritten im Schritt um die Bahn, ein Mädchen stieg gerade auf. Ein weiteres kam mit dem Haflinger den Weg vom Hof entlang auf uns zu. In der Ecke stand eine rothaarige junge Frau, die wohl die Auszubildende von Frau Seeberg war. Pia hatte mir schon von ihr erzählt, sie hieß Anne. Jetzt half sie dem Mädchen mit dem Haflinger beim Nachgurten. Dann ritten die Kinder im leichten Trab frei durch die Bahn, während Anne ihnen zuschaute und hier und da zu einem ihrer Schüler etwas sagte. Ich fand, dass fünf Teilnehmer für eine Unterrichtsstunde ziemlich wenig waren. Unser Reitlehrer hatte in seinen Stunden oft doppelt so viele Schüler gehabt.

Bald kam Frau Seeberg, und die Stunde begann richtig. Die Schüler saßen im Trab aus, während ihre Reitlehrerin die Kommandos gab und konzentriert zuschaute. Ab und zu sprach sie mit einem Kind. Sie redete in einem ruhigen, freundlichen Ton und erklärte sehr gründlich. Manchmal rief sie einen der Schüler in die Bahn und unterhielt sich ausführlicher mit ihm. Einmal lachten die beiden in der Mitte sogar laut los.

Die Kinder scheinen richtig Spaß am Unterricht zu haben, überlegte ich und dachte an meine eigenen ersten Reitstunden zurück. Elf Jahre war ich alt gewesen, und ich hatte gar nicht gewusst, wie ich die vielen Kommandos meines Reitlehrers alle auf einmal ausführen sollte. Gelacht hatte ich eigentlich in keiner meiner Reitstunden – es sei denn, mein Lehrer hatte sich gerade über einen anderen Reiter lustig gemacht. Das war beinahe das Schlimmste, was einem auf Gut

Wildeck passieren konnte. In der letzten Zeit hatte ich meistens Glück gehabt. Vermutlich, weil ich inzwischen eine ganz ordentliche Reiterin geworden war.

Jetzt galoppierten die Kinder zum ersten Mal an. Doch da buckelte das mittlere Pferd, ein kräftiger Fjordwallach, plötzlich los. Sein kleiner Reiter flog hoch, rutschte auf den Hals und krallte sich in der Mähne fest, während der Norweger in einer scharfen Kurve in die Bahn abdrehte und neben Frau Seeberg stehen blieb. Ziemlich blass hing der Junge im Sattel, seine Hände zitterten. Frau Seeberg ließ die Gruppe Schritt gehen, half ihm vom Pferd und stieg selber auf. Dann richtete sie den Norweger rückwärts und trabte an. Nach einer Runde ging er durchs Genick und galoppierte ruhig und versammelt an: ganze Bahn, einen Zirkel, wieder ganze Bahn. Und dann trabte der dicke Falbe tatsächlich seitwärts. Cool! Ich hatte gar nicht gewusst, dass Norweger so was überhaupt fertig bringen. Und Reitschulpferde konnten das doch eigentlich erst recht nicht.

Frau Seeberg stieg ab, sprach ein paar Worte mit dem Jungen und ließ ihn wieder aufsitzen. Dann galoppierte er noch einmal an – und diesmal klappte es. Ich hörte, wie Frau Seeberg ihn wegen seines Mutes lobte. Die ganze Zeit über hatte sie nicht ein Mal mit ihm geschimpft, und jetzt strahlte das Kind voller Stolz.

Jetzt war ich mir endgültig sicher – hier wollte ich reiten. Als der Unterricht vorbei war, sagte ich es Frau Seeberg.

„Wie wäre es, wenn du bei mir zuerst einmal eine Einzelstunde nimmst?“, fragte sie. „Danach weiß ich, was du kannst. Und du bist dir sicher, ob du auch wirklich hier lernen möchtest.“

Ich fand die Idee gut, doch dann nannte sie einen geradezu horrenden Preis. Die Privatstunden auf Gut Wildeck waren nicht so teuer, das wusste ich genau. Aber meine Mutter hatte mir ja eine Belohnung versprochen, also würde ich sie wohl überreden können. Ich machte einen Termin für übermorgen um zwei Uhr aus.

„Hier ist es aber wirklich schön“, sagte meine Mutter, als sie ihren alten Golf vor dem Mandlhof parkte. Wir wanderten über die weitläufige Anlage, dann gingen wir zum vereinbarten Treffpunkt auf dem Hof. Ich war nervös, in meinem Bauch kribbelte es, und ich hatte feuchte Hände. Hoffentlich würde ich mich vor Frau Seeberg nicht blamieren.

Die Reitlehrerein band gerade den Lipizzaner vor dem Stall fest.

Ob ich den reiten darf?, überlegte ich ehrfürchtig.

Wir begrüßten uns, und Frau Seeberg gab mir eine Putzkiste, auf der „Favory Niklas“ geschrieben stand. Das war der Name des Lipizzaners. „Er ist heute Morgen schon einmal gegangen und wurde vorher gründlich geputzt. Es reicht also, wenn du ihn abbürstest und ihm die Hufe auskratzt“, erklärte sie. Ich nickte und machte mich an die Arbeit. Währenddessen sprach meine Mutter mit Frau Seeberg. Die beiden redeten und lachten. Prima, dachte ich. Mit meinem alten Reitlehrer hatte sich meine Mutter nie so fröhlich unterhalten.

Dann führte mich Frau Seeberg in die Sattelkammer, die sich an der hinteren Seite des alten Stalles befand. Hier hingen viele Sättel, und an jedem war auf einem kleinen Metallschild der Name eines Pferdes angebracht. Darunter hing die dazugehörige Trense, und auf dem Boden stand jeweils eine Putzkiste, auf der ebenfalls der Name zu lesen war.

Hier hat jedes Reitschulpferd seinen eigenen Putzkasten, dachte ich. Toll!

Auf Gut Wildeck wurden nämlich immer irgendwelche Bürsten oder Hufkratzer benutzt, die irgendwo herumlagen – was dazu führte, dass meistens kein Putzzeug zu finden war, wenn man es brauchte. Darum hatte ich mir bald meinen eigenen Kasten gekauft.

Mit Sattel und Trense beladen kehrte ich zurück. Meine Mutter streichelte gerade die Nüstern des Lipizzaners, was dieser mit geschlossenen Augen genoss. Ich sattelte und trenste ihn auf, und dann gingen wir zum Wäldchen. Himmel, war ich aufgeregt!

Ich saß gerade auf, als Cornelia mit einem hübschen braunhaarigen Mädchen im Schlepptau auf den Platz stolziert kam. Auch das noch!, dachte ich. Die beiden Schnepfen hatten mir gerade noch gefehlt.

„Da habe ich doch glatt das Schild vergessen“, murmelte Frau Seeberg, dann sagte sie laut: „Ach, seid doch so gut und unterhaltet euch woanders. Und bitte hängt beim Hinausgehen das Schild über den Weg. Ich habe vorhin nicht daran gedacht.“

Die beiden machten lange Gesichter, dann zogen sie in Richtung Hof ab. Ich hörte noch, wie Cornelia etwas zu ihrer Freundin sagte. Dann verschwanden die zwei kichernd zwischen den Bäumen.

Frau Seeberg erklärte: „Mein Großvater hat diesen Reitplatz hier angelegt, damit er in Ruhe reiten konnte. Damals hat er ein Schild mit der Aufschrift ‚Bitte nicht stören!' malen lassen. Noch heute kann man es an einer Kette quer über den Weg hängen, falls man mit seinem Pferd alleine arbeiten möchte. Leider ist der Platz oft schon besetzt, wenn man ihn benutzen will. Er ist sehr beliebt."

„Kein Wunder", meinte meine Mutter, „der Platz liegt ja wirklich traumhaft."

Ich fand es im Moment wichtiger, dass wir hier ungestört waren. Auf Gut Wildeck hatten immer irgendwelche Leute zugeschaut, und nicht selten wurde man von seinen lieben Freunden hinterher durch den Kakao gezogen – obwohl die meist nicht besser reiten konnten als man selbst.

Dann begann die Reitstunde. Favory war mir bisher wie ein braves und geduldiges Pferd vorgekommen, aber ich hatte mich wohl geirrt. Schon im Schritt schüttelte er nervös den Kopf. Ständig versuchte er mir die Zügel aus der Hand zu ziehen. Und als ich ihm nach ein paar Minuten die Hilfen zum Antraben gab, schoss er mit Riesenschritten los. Ich zog an den Zügeln, und er blieb so abrupt stehen, dass ich nach vorne fiel. Oh nein, das durfte doch wohl nicht wahr sein!

„Beim Warmreiten kannst du ihm ruhig die Zügel

länger lassen", sagte Frau Seeberg ruhig. „Und glaube mir: Er geht auch dann fleißig vorwärts, wenn du ihm nicht pausenlos mit den Absätzen in die Rippen trommelst."

Ich war verblüfft. Ich hatte den Lipizzaner doch kaum angetrieben! Überhaupt hatte ich alles genau so gemacht, wie ich es gelernt hatte. Aber Frau Seeberg war die Reitlehrerin, sie musste es wissen. Ich ließ also die Zügel lang, setzte mich fester in den Sattel, legte Favory behutsam die Schenkel an den Bauch – und schon marschierte er los! Vorsichtig drückte ich die Beine ein klein wenig fester an, und Favory trabte munter vorwärts. Das ging ja wirklich einfach! Bei den Schulpferden in Duisburg hatte man erst wie verrückt treiben müssen, bevor sie sich mal in Gang setzten. Ich ließ Favory ein paar Runden gehen, dann sollte ich ihn auf den Zirkel lenken. Da schlug er wieder mit dem Kopf und drehte so plötzlich ab, dass ich erschrocken an den Zügeln zog. Er machte eine Vollbremsung, ich hing wieder auf dem Pferdehals und war den Tränen nahe.

„Reite noch einmal vorsichtig im Schritt an", sagte Frau Seeberg.

Verlegen sah ich zu ihr hinüber. Bestimmt war sie jetzt sauer und würde gleich losbrüllen. Oder sie würde eine hämische Bemerkung über meine Reitkünste machen, was beinahe noch schlimmer wäre.

Aber nichts dergleichen geschah. Frau Seeberg nickte mir nur ermutigend zu. Ich holte tief Luft und setzte mich gerade hin. Diesmal brauchte Favory eine etwas festere Berührung mit den Schenkeln, bevor er sich grunzend wieder in Bewegung setzte. Überhaupt hatte ich das Gefühl, dass er so langsam die Lust an dieser Reitstunde verlor.

„Hast du schon mal etwas von Gewichtshilfen gehört?“, fragte mich Frau Seeberg. Ich nickte stumm. Gehört schon, dachte ich, aber Pferde reagieren doch trotzdem nur, wenn man ihnen im Maul zieht.

Meine Reitlehrerin fuhr fort: „Lass dem Favory die Zügel ganz lang und halte deine Beine vom Pferdebauch weg. Dann lehne dich nach links – nein, nicht in der Hüfte abknicken. Bleibe ganz gerade und lehne dich dann zur Seite. Ja, so ist es gut!“

Unglaublich! Favory drehte sich langsam um seine Hinterhand. Ich konnte es nicht fassen. Begeistert blieb ich in meiner Schieflage hocken, bis Favory sich zweimal um sich selbst gedreht hatte. „Normalerweise sind alle Pferde so feinfühlig“, erklärte Frau Seeberg. „Sie reagieren sozusagen schon auf ein Flüstern. Du dagegen hast Favory eben praktisch die ganze Zeit angebrüllt. Aber du kannst nichts dafür, denn in den meisten Reitschulen sind die Pferde so gut wie taub.“

Die übrige Stunde verbrachten wir im Schritt. „Reiß nicht so im Maul! Treibe ihn nicht so an!“ Diese Worte klingelten mir bald in den Ohren.

Doch irgendwann geschah ein kleines Wunder. Favory, der schon eine Zeit lang spürbar lockerer gegangen war und zufrieden an seinem Gebiss gekaut hatte, bog seinen kräftigen Hals, hob den Kopf und knickte ihn leicht ab. „Na also“, sagte Frau Seeberg erfreut. „Der Favory geht jetzt richtig schön versammelt und wunderbar durchs Genick. Gut machst du das!“

Dann war die Reitstunde schon vorbei, und mit zitternden Beinen rutschte ich vom Rücken des Lipizzaners. Ich war frustriert und glücklich zugleich. Einerseits hatte ich das Gefühl, noch nie so schlecht geritten zu sein. Andererseits hatte sich zum ersten Mal in meinem Leben ein Pferd unter mir versammelt. Dabei hatte ich schon die Hoffnung aufgegeben, dass ausgerechnet mir so etwas jemals gelingen könnte.

Mit Favory am Zügel ging ich zum Hof zurück. Ich kratzte ihm die Hufe aus und brachte ihn anschließend in den Stall. Als ich sein Gebiss in einem Wassereimer abwusch, kam Frau Seeberg auf mich zu. Unsicher sah ich ihr entgegen.

„Vermutlich brummt dir gerade der Kopf“, sagte sie lächelnd. „Aber mach dir nichts draus. Ich sagte ja, dass es nicht deine Schuld ist. So etwas erlebe ich öfter.“

Ich warf ihr einen zweifelnden Blick zu.

„Aber am Ende der Stunde ist Favory schon richtig schön versammelt gegangen“, fuhr sie fort. „Wenn jemand von einer anderen Reitschule zu mir kommt, gelingt ihm das nur selten gleich beim ersten Mal. Ich glaube, dass du von Natur aus eine weiche Hand und viel Gefühl für Pferde hast. Wir müssen halt ein bisschen an dir arbeiten, damit du dich wieder auf deine Talente besinnst. Falls du also Interesse hast, kannst du gerne bei mir anfangen.“

Ihr Lob tat mir gut. Langsam stand ich auf und hing mir das Kopfstück über die Schulter.

Doch dann sagte Frau Seeberg: „Ich müsste dich allerdings anfangs etwa zehn Stunden lang an die Longe nehmen.“

Wie bitte? Ich hatte sie wohl nicht richtig verstanden! Wie eine blutige Anfängerin an die Longe? Ich, die ich seit zwei Jahren Reitunterricht gehabt hatte und sogar schon ausgeritten und gesprungen war?

Langsam drehte ich mich um. „Das wird meiner Mutter zu teuer werden, fürchte ich", sagte ich möglichst ruhig, um ihr meinen Ärger nicht zu zeigen. Das war nicht einmal gelogen. Jetzt, wo wir das Haus gekauft hatten, waren meine Eltern wirklich knapp bei Kasse.

Frau Seeberg lächelte. „Oh, mit deiner Mutter habe ich schon vor der Reitstunde gesprochen. Sie war einverstanden."

Verblüfft starrte ich sie an. Da hatte sie meine Mama also gleich auf ihre Seite gezogen. Wie hatte sie das bloß angestellt?

„Letztlich musst du aber selbst wissen, ob du bei mir reiten möchtest oder nicht", fuhr Frau Seeberg fort. „Es ist sicher ein ziemlicher Schock, wenn man nach mehreren Jahren Reitunterricht noch einmal von vorne anfangen muss. Ich habe sogar schon erlebt, dass mir jemand während der ersten Reitstunde buchstäblich die Zügel vor die Füße geworfen hat. Also – überlege es dir gut und sage mir dann Bescheid!"

Ich nickte nur und brachte Favorys Sachen zurück an ihren Platz in der Sattelkammer.

Meine Mutter hatte sich im Hof auf einer Bank niedergelassen. Schweigend setzte ich mich zu ihr. Es verging einige Zeit, bevor sie mich fragte: „Und, wie hat es dir gefallen?"

Ich zuckte die Schultern und erwiderte nichts.

„Also ich finde die Frau Seeberg Klasse", schwärmte meine Mutter. „Den Umgangston auf Gut Wildeck habe ich nie gemocht. Der Reitlehrer ist immer so arrogant und unfreundlich mit euch umgesprungen. Irgendwann hat es mir gereicht, und ich hab mir sogar heimlich eine Reitstunde auf dem Hof Fichtenau angesehen. Aber da war es noch schlimmer, die Reitlehrerin hat ihre Schüler sogar ein paar Mal ganz übel angebrüllt. Frau Seeberg scheint da völlig anders zu sein. Sie behandelt euch mit Respekt. Und was sie mir erklärt hat, klingt sehr einleuchtend, auch wenn ich von der Reiterei keine Ahnung habe."

Ich versuchte meine Gedanken zu ordnen. „Warum hast du mir denn nie gesagt, dass du meinen Reitlehrer nicht magst?", fragte ich schließlich unglücklich.

Meine Mutter wollte mir zärtlich über den Kopf streicheln, aber ich rückte ärgerlich zur Seite.

Mama seufzte. „Du bist so gerne auf Gut Wildeck geritten, dass ich dir die Freude nicht verderben wollte. Ihr Mädchen habt euren Reitlehrer ja sogar richtig verehrt. Der konnte mit euch umspringen, wie er wollte, ihr habt euch immer alles bieten lassen. So etwas hätte dein Vater mal bei dir versuchen sollen ..."

Jetzt kämpfte ich gegen die Tränen. Sie hatte ja Recht. Wie oft war ich nach der Reitstunde total frustriert nach Hause gekommen? Trotzdem war ich immer wieder strahlend nach Gut Wildeck gefahren. Niemals wäre ich auf die Idee gekommen, die Reitschule zu wechseln. In den anderen Reitställen, die ich kannte, war es ja auch nicht besser gewesen.

„Soll ich dich nicht doch lieber mitnehmen?", fragte Mama. Ich schüttelte den Kopf. Ich hatte mit Pia verabredet, dass wir heute Abend gemeinsam mit dem Bus nach Hause fahren würden. Und im Moment wollte ich sowieso lieber alleine sein.

„Ist gut", sagte meine Mutter und verabschiedete sich. Ich blieb nachdenklich auf der Bank sitzen. Irgendwann stand ich aber doch auf und ging auf die Straße. Am Ende der Hofmauer bog ich nach links in einen Feldweg ein. Warum nicht ein bisschen spazieren gehen? Vielleicht würde das mein inneres Chaos etwas ordnen.

Langsam wurde mein Kopf tatsächlich klarer. Trotzdem wunderte ich mich weiter darüber, dass meine Mutter sofort bereit gewesen war, das Geld für zehn teure Longenstunden zusammenzukratzen. Eigentlich staunte ich sowieso die ganze Zeit, seit ich auf den Mandlhof gekommen war. Über die schönen sauberen Ställe. Über die gepflegten zufriedenen Schulpferde. Über den romantischen Reitplatz im Wäldchen. Und darüber, wie ruhig und freundlich Frau Seeberg mit ihren Schülern umging. Auch während meiner eigenen Reitstunde hatte sie kein einziges unfreundliches Wort gesagt. Tatsächlich hatte mir heute gar nicht die Reitlehrerin eine Lektion erteilt, sondern das Pferd! So eine Lehrerin hätte ich mir gewünscht, als ich mit dem Reiten anfing.

Ich war durch einen Wald gegangen, doch jetzt lichteten sich die Bäume. Ich hielt an, denn ich stand auf einer Anhöhe und konnte auf Bischofsfelden hinunterschauen. Direkt vor mir lag der Mandlhof. Das

Dach des Schlösschens und der kleine Kirchturm schauten hinter dem Wäldchen hervor. Vor den Bäumen lagen große Weiden, auf denen junge Pferde weideten. Rechts und links davon standen lange Stallgebäude. Auf einer Wiese direkt daneben grasten Almwind und ein kräftiger, schwarzer Hengst. Alles sah so wunderschön, so ruhig und friedlich aus, dass ich mich hinsetzte und einfach zusah. Grillen zirpten, und über mir sang ein Vogel. Weit unten rannten ein paar Jährlinge um die Wette. Plötzlich sah ich jemand im Schritt auf einem schlanken braunen Pferd aus dem Wäldchen reiten. Ich erkannte Pia und Pink Panther, das zweite Vollblut vom Mandlhof. Der Wallach begann ungeduldig zu tänzeln, dann galoppierte er los. Sein ganzer Körper wurde flach, weit griffen seine schlanken Beine aus. Nie zuvor hatte ich ein Pferd so schnell laufen sehen. Erschrocken sprang ich auf. War er etwa durchgegangen?

Doch jetzt hatte Pia mich gesehen und winkte mir zu. Erleichtert lehnte ich mich gegen den Baum, während sie mit rasender Geschwindigkeit auf mich zu kam. Dann zog sie die Zügel an ... Nein, sie hatte überhaupt nicht an den Zügeln gezogen. Eigentlich konnte man gar nicht erkennen, was sie tat, und dennoch wurde der Wallach immer langsamer. Bald fiel er in einen lockeren Trab. Wie hatte sie das jetzt gemacht?

Ich seufzte. War es wirklich schon zwei Jahre her, dass ich mit dem Reiten angefangen hatte? Damals hatte ich noch von der Freundschaft zwischen Menschen und Pferden geträumt – davon, dass ein Reiter sein Tier nur durch das leichte Annehmen eines Zügels, durch das behutsame Anlegen seiner Schenkel, ja einzig und alleine durch ein leises Wort lenken konnte. Genau so, wie ich es immer in irgendwelchen Pferdebüchern gelesen hatte. Aber je länger ich Reitunterricht genommen hatte, umso mehr hatte ich diesen Traum vergessen. Die Realität sah ganz anders aus. Die Wirklichkeit, das waren Pferde, die sich mit Macht aufs Gebiss legten, das waren hämmernde Stiefelabsätze und wirbelnde Reitpeitschen. Wären da nicht immer wieder die schönen Momente gewesen – der riesige Pferdekörper, der sich im Galopp unter mir bewegte, die warmen Nüstern, die mir nach der Reitstunde durchs Haar fuhren –, ich hätte wahrscheinlich irgendwann enttäuscht mit dem Reiten aufgehört. Und jetzt sah es plötzlich so aus, als gäbe es sie doch, die unsichtbare Verständigung zwischen Mensch und Pferd.

Pia ritt jetzt den Berg hinauf in meine Richtung. Sie winkte noch einmal und lachte mir zu.

Plötzlich fühlte ich mich besser. Okay, der Tag heute war eine ziemliche Katastrophe gewesen. Ich würde auf dem Mandlhof noch mal fast von vorne anfangen müssen. Auch egal. Denn vielleicht gab es doch noch die Chance, dass etwas dran war an meinen Träumen. Dann musste ich sie ergreifen.

Ich war mir sicher: Ich würde wieder reiten, hier und nirgendwo anders.

Schlimme Neuigkeiten

Von da an nahm ich also zweimal pro Woche Longenstunden auf dem Mandlhof. Und irgendwann setzte ich mich endlich hin und schrieb meinen schon seit ewigen Zeiten versprochenen Brief an Alexandra im Ruhrgebiet.

„Frau Seeberg ist wirklich die beste Reitlehrerin, die ich kenne“, erzählte ich ihr. „Stell dir vor: In meiner ersten Longenstunde meinte sie, dass ich Kommandos wie ‚Absätze nach unten‘ oder ‚gerade sitzen‘ erst mal vergessen soll. Vor lauter Anstrengung, möglichst gut zu sitzen, sei man nämlich total verkrampft. Das merkt das Pferd auch. Ich sollte versuchen, die Bewegungen des Pferdes ganz locker in der Hüfte mitzumachen. Das Wichtigste sei, meint Frau Seeberg, dass ich mich dabei entspanne! Aber ob du es glaubst oder nicht, Alexandra: Es ist furchtbar schwer, die alten Gewohnheiten abzulegen. Ich höre in jeder Longenstunde mindestens dreimal: ‚Übrigens: Mach’s dir ruhig bequem, Nina!‘ Dabei darf ich ab der nächsten Woche schon am normalen Reitunterricht teilnehmen. Überhaupt fühle ich mich auf dem Mandlhof sehr wohl. Pia hat mich inzwischen auch in ihre Clique eingeführt. Das sind alles prima Reiter, die Frau Seebergs Pferde Korrektur reiten oder irgendwo ein Pflegepferd haben. Ach ja, auch Valentine gehört dazu, der die Araberstute Sheila bint Shaklan gehört. Sie ist die Tochter des Bischofsfeldener Bürgermeisters, der im Ort ein großes Hotel besitzt und richtig viel Geld hat. Aber das merkt man ihr gar nicht an. Sie ist wirklich nett.

Inzwischen verbringe ich fast jeden Nachmittag auf dem Mandlhof. So gegen fünf trifft sich unsere Clique auf dem Heuboden zur ‚Brotzeit': Jeder hat von zu Hause etwas zu Essen oder zu Trinken mitgebracht, was wir uns dann teilen. Dabei tauschen wir immer die neuesten Neuigkeiten aus. So sind wir bestens informiert ..."

Komisch, ich erzählte Alexandra lauter tolle Sachen, und trotzdem kriegte ich beim Schreiben immer schlechtere Laune. Warum nur? Vielleicht, weil ich fürchtete, dass sie mir sowieso kein Wort glauben würde? Oder weil ich dauernd Sternenglanz vor mir sah, wie er von den Reitschülern Tag für Tag stundenlang zwischen Zügeln und Beinen zusammengeschraubt wurde? Auch unter mir hatte er sich beim Reiten immer heftig auf sein Gebiss gelegt. Sogar beim Schreiben konnte ich noch fühlen, wie die Zügel meine Finger wund gezogen hatten. Vermutlich hatte Sternenglanz schlimme Rückenschmerzen. Mir wurde ganz schlecht bei dem Gedanken, dass auch ich ihn zwei Jahre lang so übel traktiert hatte.

Erst als ich Alexandra von Nori schrieb, bekam ich wieder bessere Laune. Immer noch verbrachte ich jeden Morgen bei ihm auf dem Bertlhof. Und ich gewann ihn jeden Tag ein bisschen mehr lieb. Inzwischen hatte ich mir angewöhnt, mit ihm nach dem Putzen einen langen Spaziergang zu machen. Vorsichtshalber war Tante Adele beim ersten Mal mitgekommen, aber alles hatte gut geklappt. Als wir an einer Weide mit Stuten vorbeigekommen waren, hatte Nori sich zwar aufgeplustert und wie ein Wilder gewiehert. Schließlich musste er vor den hübschen Damen ja etwas angeben. Aber schon ein Ruck am Zügel und ein lautes Wort von mir hatten ihn so weit beruhigt, dass er sich widerstrebend weiterführen ließ.

„Du hast eben Glück mit ihm", hatte Tante Adele hinterher zu mir gesagt. „Nori ist sehr gut erzogen und außerdem ein besonders lieber Kerl. Manch ein Hengst hätte dich bis an den Weidezaun geschleift und dann heftig mit den Stuten geflirtet, ohne dich auch nur eines Blickes zu würdigen." Damit hatte sie sicher Recht. Selten hatte ich ein so ruhiges und gutmütiges Pferd kennen gelernt wie Nori. Vermutlich konnte auch er mich inzwischen gut leiden. Für meine Liebe zu ihm schien er sogar richtig dankbar zu sein. Sicher vermisste er seine Mutter und seine Schwestern sehr. Und richtig ersetzen konnte ich ihm die anderen Pferde natürlich nicht.

Ich verstand auch nicht, warum Nori keinen Käufer fand. Oft las ich am Wochenende im Berchtesgadener Tagblatt seine Verkaufsanzeige, aber niemand schien sich für ihn zu interessieren. Dabei gab es doch genügend Leute, die einfach nur gemütlich durch die Landschaft reiten oder in einer Kutsche durch die Gegend fahren wollten. Konnte es für sie einen besseren Partner geben als den lieben freundlichen Nori? Und wer besaß schon ein Pferd mit einer so außergewöhnlichen Farbe? Es konnten eigentlich nur Vorurteile sein, die die Käufer abschreckten. Nori war ja nicht nur zur Hälfte ein Kaltblut, sondern hatte als Rassemischling auch keine Papiere. Das schien ihn für viele Reiter zu einem Pferd zweiter Klasse zu machen.

„Dabei müsste doch jedem Idioten klar sein, dass man nicht die Papiere reitet, sondern das Pferd“, hatte Amelie bei einem unserer Cliquentreffen gesagt. Sie nahm mit ihrem Pflegepferd, einem Isländerwallach, erfolgreich an Gangpferde-Turnieren teil. Aber es schien, als sei diese Erkenntnis nur den Reitern von der Mandlhof-Clique gedämmert. Und die meisten von uns hatten nicht das Geld, um die teure Stallmiete für ein eigenes Pferd zu bezahlen.

Vielleicht hätte Tante Adele Nori trotzdem verkaufen können, wenn er eingeritten oder eingefahren gewesen wäre. Sicher hätte der Bertlhof-Bauer auch schon vor Monaten mit seiner Ausbildung begonnen. Aber der alte Mann lag immer noch im Krankenhaus, und es ging ihm schlechter denn je. „Der Schatten des Todes fällt schon auf sein Bett“, hatte Tante Adele erst vor kurzem gesagt. Mittlerweile machte ich mir richtig Sorgen um meinen Nori. Wer wusste, was der Alois mit ihm machen würde, wenn sein Vater tot war? Immer wieder musste ich an das arme Mariechen denken. In mir wuchs ein ungutes Gefühl.

Es war jetzt Mitte August, in Bayern hatten die Schulferien begonnen, und im Wäldchen beim Mandlhof stieg die alljährliche Grillparty. Unsere Clique saß zusammen und futterte, was das Zeug hielt. Über den Bergen sank die Sonne, und ein paar Leute zündeten überall auf der Wiese Fackeln an. Da zog mich Pia am Ärmel. „Frau Seeberg erzählt den Kleinen gerade ein Märchen aus Nepal. Kommst mit?"

Ich nickte und wir gingen zu der kleinen Gruppe hinüber, die sich unter einer großen Eiche versammelt hatte.

„... Als die schöne Prinzessin Brug'Mo den herrlichen, wilden Hengst Kyang Gö gefangen hatte, brachte sie ihn zu ihrem Geliebten Gesar. Denn sie wusste: Er würde das beste Pferd der Welt brauchen, um das große Rennen zu gewinnen, dessen Sieger Brug'Mo's Ehemann werden sollte. Das Wettrennen würde über hohe Pässe, durch tiefe Schluchten und wilde Flüsse führen. Nur die stärksten Pferde würden überhaupt ans Ziel kommen. Doch als das Rennen begann, blieb Gesar weit hinter den anderen Reitern zurück. Brug'-Mo war verzweifelt, denn die Menschen kennen den Willen der Götter nicht.

Die Reiter stürmten eine einsame Passhöhe hinauf. Sie machten so einen fürchterlichen Lärm, dass die Dämonen der Berge aus dem Schlaf erwachten. Wer wagte es, hier oben in der Einöde ihre Ruhe zu stören? Eine furchtbare Strafe sollte er erleiden. Plötzlich brach ein Unwetter über den Reitern los. Der Sturm schleuderte ihnen Sand und Steine ins Gesicht, kalte Schneeflocken stachen sie wie eisige Nadeln, ihre Pferde kamen keinen Schritt mehr vorwärts. Hämisch lachten die Dämonen, sie ließen die Blitze zucken und den Donner grollen, als würden die Berge einstürzen. In ihrer Not beteten die Männer zu den Göttern um Hilfe – und genau da stießen Gesar und Kyang Gö zu ihnen. Sofort spürten die Dämonen, dass göttliche Kräfte in den beiden wohnten. Die hässlichen Ungeheuer heulten voller Angst und verkrochen sich in ihren Höhlen – der Sturm war vorbei. Da jubelten die Männer Gesar und dem herrlichen Kyang Gö zu: ‚Du sollst der Sieger sein, wir wollen nicht mehr gegen dich kämpfen! Wir werden dir folgen bis in den Tod!'

Wie erstaunt war Brug'Mo, als all die Helden einträchtig zusammen durch das Tal geritten kamen! Dann öffneten sie ihre Reihen, und langsam ritt Gesar auf dem herrlichen Kyang Gö an ihrer Spitze durchs Ziel. Allen Zuschauern war klar, dass etwas Besonderes geschehen sein musste, weil die tapferen Männer einen von ihnen so friedlich als Sieger anerkannten. Lauter Jubel brandete durch das Tal, es gab ein großes Fest, und Gesar und Brug'Mo wurden ein Paar. Gemeinsam regierten sie Tibet viele Jahre lang und machten es zu einem blühenden Land. Kyang Gö erlebte mit seinem Herrn und dessen Gefährten viele Abenteuer. Und als sein Reiter starb, ging sein herrliches Pferd mit ihm in den Tod. Gemeinsam zogen die beiden in den Götterhimmel ein. Die Menschen in

Tibet haben sie nie vergessen und singen noch heute viele Heldenlieder zu ihren Ehren."

Eigentlich war die Geschichte jetzt zu Ende, doch eines der Kinder rief: „Bitte, bitte, noch ein Märchen, noch ein Märchen!"

„Ja, ja!", brüllten die anderen und hüpften wild um die lachende Frau Seeberg herum. Die hielt sich die Ohren zu. „Ruhe, Ruhe!", rief sie laut.

Es wurde ein wenig leiser. „Wartet, bis mein Mann im Oktober nach Deutschland kommt! Der kann euch noch viel tollere Geschichten erzählen", sagte sie.

Überrascht stieß ich Pia in die Seite. „Sag bloß, Frau Seeberg ist verheiratet", flüsterte ich.

„Ja, natürlich", erwiderte sie. „Schau doch mal, sie trägt einen Ehering."

Komisch, das war mir noch nie aufgefallen. Ich hatte wirklich gedacht, sie würde einzig und allein für ihre Pferde leben. „Ich achte nicht auf so was", erklärte ich grinsend. „Es kann ja nicht jeder so eine Klatschtante sein wie du."

Pia lachte. „Aber trotzdem platzt du fast vor Neugier und möchtest unbedingt mehr wissen, oder?"

Okay, sie hatte mich durchschaut. Ich nickte und sah sie gespannt an, aber Pia zuckte nur die Schultern. „Damit kann ich leider nicht dienen. Frau Seeberg spricht höchst selten über Privates mit uns. Ich weiß nur, dass sie noch in Nepal geheiratet hat, kurz bevor sie nach Hause zurückgekommen ist."

„Dann stammt ihr Mann also aus Nepal?", fragte ich, und sofort entstand vor meinem inneren Auge das

Bild eines wilden asiatischen Kriegers auf einem großen schwarzen Hengst.

Aber Pia schüttelte nur den Kopf. „Sorry, aber ich hab wirklich null Ahnung."

Da sprang Frau Seeberg plötzlich auf, denn eine kräftige Frau mit langen roten Haaren und einem fröhlichen sommersprossigen Gesicht kam lachend auf sie zu. Die beiden umarmten sich. „Wie schön, dass du am Abend vor deinem Urlaub doch noch kommen konntest", sagte Frau Seeberg.

„Es war aber knapp", meinte ihre Freundin. „Es ist unglaublich, wie lange es dauert, bis man für zwei Erwachsene und drei Kinder die Koffer gepackt hat. Zum Glück kam Johannes heute ausnahmsweise mal pünktlich von der Arbeit und hat die Kinder ins Bett gebracht." Sie legte Frau Seeberg den Arm um die Schulter, und die beiden gingen zum Salatbuffet.

„Ist das die Frau Kleinert ?", fragte ich.

„Stimmt genau", meinte Pia.

Ich hatte schon viel von Frau Kleinert gehört, denn sie war Frau Seebergs beste Freundin. Früher waren die beiden auf Reitturnieren die schärfsten Konkurrentinnen gewesen, aber das hatte sie offenbar nicht daran gehindert sich zu mögen. Inzwischen wohnte Frau Kleinert mit ihrer Familie und einigen Tieren auf einem kleinen Bauernhof in Bischofsfelden. Sie war von Beruf Reittherapeutin und ließ behinderte oder kranke Menschen nach genau durchdachten Konzepten auf ihren beiden Pferden reiten. Normalerweise führte sie ihre Therapiestunden auf einem kleinen Reitplatz an ihrem Hof durch, aber bei schlechtem Wetter arbeitete sie in der Reithalle des Mandlhofes. Es hieß, sie sei nett und sehr humorvoll. Ich sah sie heute zum ersten Mal, denn meistens arbeitete sie vormittags, wenn zwei ihrer Kinder in den Kindergarten oder in die Schule gingen und es noch leer auf dem Mandlhof war. Aber der Morgen gehörte ja Nori. Deshalb war ich froh, sie heute wenigstens einmal von weitem in Augenschein nehmen zu können. Doch kurz darauf stießen Valentine, Amelie und Gregor, der 16-jährige Pfleger von Favory, zu uns und lenkten mich von meinen Beobachtungen ab. Wir zogen uns die Schuhe aus, steckten die Füße in den plätschernden Bach und plauderten. Später wurde es ruhiger, ich legte mich zurück ins Gras, schaute hinauf in den Sternenhimmel und war sehr glücklich. Mein Leben hatte sich in den letzten Wochen ziemlich verändert, aber es gefiel mir besser, als ich erwartet hatte. Ich war mit netten Leuten zusammen und hatte das beste Pflegepferd der Welt. Das war doch nicht schlecht für den Anfang.

Tante Adele fütterte gerade die Hühner, als ich am nächsten Nachmittag singend durch das Tor kam. Mit gebeugten Schultern stand sie da und warf den Tieren die letzten Körner hin. Irgendwie sah sie traurig aus, fand ich. Ich musterte sie besorgt. Eigentlich wollten wir gleich mit Pia zusammen in den Bergen Pilze sammeln, aber vielleicht fühlte Tante Adele sich nicht wohl? Mir fehlte der Mut zu fragen, was sie bedrückte, also verzog ich mich schnell in den Pferdestall.

Zwei Stunden später fuhren wir aber doch zu dritt

mit unseren Fahrrädern ins Tal hinein. Dann ging es zu Fuß den Berg hinauf in den Wald. Tante Adele sah heute irgendwie älter und runzliger aus. Es war, als hätten sich die Falten über Nacht tiefer in ihr Gesicht gegraben. Unter ihren Augen lagen dunkle Schatten.

Ich wollte nicht darüber nachdenken, sondern begann eifrig nach Pilzen zu suchen. Bald hatte ich tatsächlich den ersten Maronen-Röhrling gefunden, und kurz darauf entdeckte Pia Pfifferlinge und zwei Steinpilze. Nach einer Stunde waren unsere Leinentaschen prall gefüllt.

An jedem anderen Tag hätte mir das Pilzesammeln viel Spaß gemacht. Jetzt aber grübelte ich ständig darüber nach, was mit Tante Adele los war.

Schweigend gingen wir mit den vollen Taschen zu unserem Treffpunkt zurück, wo Tante Adele schon auf uns wartete. Auch ihr Korb war bis zum Rand voll mit Pilzen.

„Na, müde?", fragte sie und warf uns einen prüfenden Blick zu.

„Geht so", erklärte ich.

„Etwa eine halbe Stunde von hier entfernt liegt die Bertlhof-Alm. Ich habe dort bis voriges Jahr jeden Sommer die Tiere gehütet und Wanderer versorgt. Wenn ihr möchtet, können wir noch bis dort hinaufsteigen."

Meine Neugier war stärker als meine müden Beine. Auch Pia nickte zustimmend. So versteckten wir unsere Beute zwischen den Sträuchern und kletterten weiter bergan. Bald erstreckte sich vor uns eine weite

Almwiese, die übersät war mit bunten Blumen und blühenden Sträuchern. Ein paar hundert Meter entfernt sah ich eine Hütte.

„Da geht's lang", sagte Pia und marschierte mit großen Schritten vorneweg.

Als wir die Hütte endlich erreicht hatten, ließ ich mich schnaufend auf eine der Holzbänke vor dem Haus sinken und sah mich um. Wow! Was für eine Aussicht! Ganz hinten lag Berchtesgaden, die Dächer der alten Klosterkirche leuchteten in der Abendsonne. Und da war auch Bischofsfelden. Deutlich konnte ich den Mandlhof mit seinem Schlösschen und der Kapelle erkennen. Ich entdeckte sogar den kleinen Reitplatz im Wäldchen. Direkt vor uns lagen die Bauernhöfe von Hirschau. Weiter hinten machte ich den Bertlhof aus, und dann fand ich sogar unser eigenes kleines Wohnhaus.

„He, was starrst du denn so in die Gegend!", neckte mich Pia.

Ich lachte. „Tja, die Flachland-Tirolerin aus dem Ruhrpott ist wirklich begeistert von diesem Ausblick. Mensch, Tante Adele, wenn du jeden Sommer hier oben gearbeitet hast, bist du zu beneiden."

Tante Adele schwieg einen Moment, dann sagte sie: „Ich werde nie wieder einen Sommer auf dieser Alm verbringen."

Erschrocken starrten wir sie an.

„Gestern ist der Bertl-Bauer gestorben", fuhr Tante Adele leise fort. „Und jetzt wird der Hof an eine Hotelkette verkauft, die ihn zu einer vornehmen Luxusherberge umbauen will." Sie schüttelte den Kopf.

„Stellt euch vor, der Alois hat doch tatsächlich schon mit den Leuten verhandelt, als sein Vater noch gelebt hat! In sechs Wochen geht schon das Vieh vom Hof, und dann wird umgebaut."

„Ja, und was wird dann aus dir?", fragte Pia entsetzt.

Tante Adele zuckte die Schultern. „Im November bin ich endgültig arbeitslos. Ich hab dann nicht mal mehr ein Dach über dem Kopf und werd wohl ein Fall für die Sozialhilfe. Eine Frau über fünfzig stellt doch niemand mehr ein."

Oh nein, das konnte doch wohl nicht wahr sein! Der alte Bauer war tot, der Bertlhof so gut wie verschachert. Tante Adele wurde abgeschoben. Das Vieh wurde verkauft.

„Und was wird aus Nori?", fragte ich mit zitternder Stimme.

Tante Adele sah zu Boden. „Er geht in vier Wochen auf den Pferdemarkt in Traunfels", sagte sie leise.

„Nein!", schrie Pia.

Ich sah sie erschrocken an.

„Weißt du, was mit den Pferden passiert, die in Traunfels keinen Käufer finden?", fragte sie mich aufgeregt.

Ich schüttelte den Kopf.

„Sie kommen zum Metzger!"

Mein Magen krampfte sich zusammen, Tränen schossen mir in die Augen. Das durfte doch alles nicht wahr sein!

Ich weiß nicht mehr genau, wie ich nach Hause gekommen bin. Einmal wäre ich fast hingefallen, weil ich überhaupt nicht auf den Weg achtete. Als ich bei meinen Eltern vor der Haustür stand, rief meine Mutter erschrocken aus: „Kind, wie siehst du denn aus? Du bist ja käseweiß. Ist irgendwas passiert?“

Tante Adele nahm sie zur Seite und erzählte ihr die ganze Geschichte. Das Gesicht meiner Mutter wurde ernst und besorgt.

Nachdem sie sich von Tante Adele und Pia verabschiedet hatte, nahm sie mich bei der Hand, führte mich ins Haus und steckte mich in die Badewanne. Dann versuchte sie mir etwas zu essen aufzudrängen. Erfolglos. Ich legte mich einfach aufs Bett und starrte an die Decke. Als es schon dunkel war, kam mein Vater herein. Aber ich hatte keine Lust zu reden und drehte mich zur Wand.

In dieser Nacht schlief ich kaum. Jedes Mal, wenn ich doch eindöste, sah ich Nori vor mir. Nori, dessen Führstrick irgendeinem groben Kerl in die Hand gedrückt wurde. Nori auf einem engen Pferdetransporter und anschließend in einer dunklen Box auf dem Schlachthof ... An dieser Stelle fuhr ich aus dem Schlaf hoch und wälzte mich wieder unruhig in meinem Bett hin und her.

Ganz früh am nächsten Morgen kam meine Mutter in mein Zimmer. „Papa und ich haben gestern Abend noch lange miteinander gesprochen“, sagte sie. „Wir würden den Nori sehr gerne für dich kaufen, aber uns fehlt einfach das Geld. Du weißt ja, wie teuer hier in Berchtesgaden sogar so ein kleines Haus wie unseres ist. Wir haben ziemlich hohe Schulden, und wenn ich nicht arbeiten ginge, würden wir in Teufels Küche kommen. Wir haben alles noch einmal durchgerechnet, aber mehr als hundert Euro pro Monat bleiben uns einfach nicht übrig. Die teure Stallmiete für deinen Nori können wir uns beim besten Willen nicht leisten. Wir haben auch mit dem Gedanken gespielt, das Häuschen wieder zu verkaufen. Aber innerhalb von vier Wochen werden wir unmöglich einen Käufer dafür finden – abgesehen davon, dass wir unser Haus so auf die Schnelle nur deutlich unter Wert loswerden könnten. Wie man es auch dreht und wendet – wir können uns Nori einfach nicht leisten."

Ich schluckte. Wieder stiegen mir die Tränen in die Augen, doch ich hielt sie zurück. Meine Eltern hatten sich wirklich alle Mühe gegeben. Ein Kauf war für sie wirklich unmöglich. Aber irgendetwas musste ich doch unternehmen!

Meine Mutter gab mir einen Kuss. „Gestern Abend habe ich noch mit Pia telefoniert", sagte sie. „Sie kommt gleich und bleibt heute den ganzen Tag bei dir. Ihr wolltet doch sowieso zusammen zum Mandlhof fahren. Du hast ja heute Reitunterricht." Sie strich mir noch einmal übers Haar und ging dann aus dem Zimmer. Ich hörte, wie sie die Treppe hinunterlief und die Türe ihres alten Autos zuschlug.

Kurz darauf klingelte es an der Tür. Ich kroch aus dem Bett, stolperte die Treppe hinunter und öffnete Pia die Tür. Seit wir in Hirschau wohnten, war dies der erste Tag, an dem ich nicht zu Nori ging. Ich konnte es einfach nicht.

Gegen Mittag kam meine Mutter nach Hause und brachte uns Brathähnchen mit. Aber ich konnte nicht viel essen. Ich hatte schon zum Frühstück kaum etwas heruntergebracht. Dann fuhren wir zusammen zum Mandlhof. Als wir ankamen, war es schon halb drei, und die Pferde für die Reitstunde wurden eingeteilt. Ich bekam den Fjordwallach Troll. Den hatte ich noch nie geritten, doch ich wusste von den anderen, dass er zwar gutmütig, aber ziemlich stur war und gut buckeln konnte. Es blieb mir gerade noch genug Zeit, ihn zu putzen und zu satteln, dann fing die Reitstunde schon an.

Ich weiß bis heute nicht genau, was ich falsch gemacht habe. Ich bin mir ganz sicher, dass ich nicht an Trolls Zügeln gerissen oder meine Fersen in seine Flanken gegraben habe. Aber der dicke Fjordwallach gehorchte mir einfach nicht. Er blieb immer wieder stehen oder ging mit angelegten Ohren rückwärts. Irgendwann war ich so wütend, dass mir der Geduldsfaden riss, und ich rammte ihm mit aller Kraft die Hacken in den Bauch. Da stieg Troll und trat gleichzeitig mit solcher Wucht nach hinten aus, dass ich in hohem Bogen aus dem Sattel flog.

Ich lag im Sand und zitterte am ganzen Körper. Pia kam angelaufen. Sie sprach ein paar Worte mit Frau Seeberg. Ich versuchte aufzustehen, aber ich hatte so weiche Knie, dass ich mich gleich wieder setzen musste.

Plötzlich kniete Frau Seeberg vor mir. „Komm mit", sagte sie. „Meine Bereiterin Lisa macht den Unterricht für mich weiter." Sie zog mich hoch, führte mich in Richtung Hof und dann in die Kapelle. Ich war noch nie dort gewesen, aber jetzt nahm ich von ihrem Inneren nicht mehr wahr als ein paar ziegelrote Steinfliesen auf dem Fußboden.

Frau Seeberg setzte mich in eine Bank vor dem Seitenaltar. „Wenn man in einer solchen Stimmung ist wie du heute, sollte man besser nicht reiten", sagte sie freundlich. „Ein Pferd spürt so etwas sofort, und dann endet die Reitstunde fast immer im Chaos."

Unsicher sah ich sie an. Würde jetzt eine Standpauke folgen? Aber sie fuhr ruhig fort: „Von Pia habe ich erfahren, was mit Nori passieren soll. Na, das ist ja ein toller Lohn für deine Mühe."

Jetzt konnte ich die Tränen nicht länger zurückhalten. Ich weinte so sehr, dass ich von Schluchzern geradezu geschüttelt wurde. Frau Seeberg strich mir vorsichtig über den Rücken und wartete, bis es besser wurde.

„Du darfst jetzt nicht aufgeben", sagte sie dann. „Überlege, wie du Nori helfen kannst. Hast du schon mit deinen Eltern gesprochen?"

„Ja", sagte ich mit zitternder Stimme. „Aber sie haben in Hirschau ein Haus gekauft und können die teure Stallmiete nicht bezahlen."

Frau Seeberg stand auf und ging ein paar Schritte hin und her. Dann seufzte sie. „Was ich jetzt mache, ist für den Mandlhof nicht gerade förderlich. Trotzdem: Einer der Bauern in meiner Nachbarschaft möchte ab dem nächsten Frühjahr zwei Boxen vermieten. Vielleicht kannst du ihn ja überreden, dass er den Nori schon ab diesem Herbst bei sich aufnimmt. Er verlangt 180 Euro inklusive Futter. Allerdings solltest du noch mit Mehrkosten für Hufschmied und

Tierarzt rechnen. Ich bin gerne bereit, dir kostenlos beim Einreiten und Einfahren zu helfen. Aber sage das bitte niemandem weiter."

Ich konnte wieder nur den Kopf schütteln. „Meine Eltern haben nicht mehr als 100 Euro pro Monat übrig", murmelte ich. „Trotzdem, vielen Dank."

Frau Seeberg seufzte, doch plötzlich kam mir eine Idee. Ich sah sie an. „Könnten Sie nicht ...?"

Traurig schüttelte die Reitlehrerin den Kopf. „Weißt du, ich muss die Tiere füttern, ich muss drei Leuten Löhne zahlen und die Gebäude in Schuss halten. All das ist sehr, sehr teuer. Mein Vater hat seit dem Tod meiner Mutter all sein Geld nur noch in die Pferde gesteckt. Für das Schlösschen und die Kapelle ist so gut wie nichts übrig geblieben. Die waren ihm einfach nicht wichtig." Sie wies in Richtung des alten Wohngebäudes. „Mein Vater ist hier nie so richtig heimisch geworden. Aber ich bin hier aufgewachsen. Das Schlösschen ist mein Zuhause, und jetzt droht es baufällig zu werden. Weil es unter Denkmalschutz steht, habe ich ohnehin die Denkmalbehörde auf dem Hals, wenn ich nicht bald etwas unternehme. Mir bleibt also gar nichts anderes übrig, als es von Grund auf renovieren zu lassen. Und danach ist die Kapelle dran. All das kostet Unmengen. Im Moment kratze ich Geld zusammen, wo es nur geht, um nicht allzu viele Schulden machen zu müssen. Drei junge Stuten, die mein Vater zur Zucht behalten wollte, werde ich verkaufen müssen. Auch mit dem Prinzip, dass die Schulpferde nicht mehr als drei Reitstunden am Tag arbeiten sollen, muss ich brechen. Wenn jetzt noch die

Denkmalbehörde die beantragten Gelder locker-macht, komme ich halbwegs über die Runden.“ Sie sah auf den Boden. Nach einer Weile fuhr sie fort: „Der Nori wäre bestimmt ideal für den Reitunterricht, aber unter solchen Umständen kann ich einfach kein weiteres Pferd mehr kaufen.“

Ich rutschte noch etwas tiefer in meine Bank. Ich verstand, was Frau Seeberg sagte, aber wer konnte Nori jetzt noch helfen?

Ich ließ meine Blicke durch die Kapelle schweifen. Der Raum hatte kahle Steinwände, an denen auf kleinen Sockeln ein paar alte wurmstichige Holzfiguren standen. Direkt vor mir hing ein eigenartiger gewebter Teppich, der in allen möglichen bunten Farben strahlte. Ein Pferd war darauf zu sehen – ein kleiner brauner Hengst mit hoch erhobenem Kopf und strahlenden Augen. Ein großer asiatisch aussehender Mann saß mit angezogenen Beinen im Sattel. Wilde Flammen züngelten um die beiden herum.

Frau Seeberg hatte mich beobachtet. „Das sind der Held Gesar und sein herrlicher Kyang Gö“, sagte sie lächelnd.

Ich überlegte. Zwar wusste ich nicht so genau, welche Religion die Tibeter eigentlich hatten, aber Christen waren sie bestimmt nicht.

„Eigentlich passt das Bild nicht in eine europäische Kirche, oder?“, sagte ich nach einer Weile.

„Du hast Recht“, antwortete Frau Seeberg. „Ein paar Leute aus der Nachbarschaft haben sich auch fürchterlich darüber aufgeregt. Aber das hier ist nun mal meine Kapelle. Mir war nur die Meinung einer einzigen Person wichtig: Solange ich denken kann, hat nämlich die alte Bäuerin von gegenüber jeden Abend hier einen Rosenkranz gebetet. Ich wollte sie auf ihre alten Tage nicht von hier vertreiben. Also habe ich ihr den Teppich gezeigt und sie gefragt, ob ich ihn in der Kapelle aufhängen dürfe."

„Und?", fragte ich.

„Sie hat ihn sich lange angesehen. Dann hat sie mich gefragt, ob dort, wo ich all die Jahre gewesen bin, dieser Reiter als Heiliger verehrt wird. ‚So ähnlich', habe ich geantwortet, und das stimmt ja auch. Da war sie einverstanden."

Ich nickte, dann fragte ich: „Haben Sie denn die gleiche Religion wie die Leute dort?" Frau Seeberg schüttelte den Kopf. „Nein, ich bin keine Buddhistin. Aber ich habe Respekt davor, wie sehr die Menschen im Himalaya die Tiere achten. Sie sind eben noch auf sie angewiesen. Weißt du: Ein Ei, ein Stück Fleisch, ein Glas Milch – all das kommt mir hier manchmal so vor, als wäre es ein Industrieprodukt wie ein Plastikhandschuh oder ein Spülmittel. Und Pferde sind doch für viele Reiter nur noch Sportgeräte. Entweder der ‚Bock' funktioniert, oder er wird verkauft und landet vielleicht sogar beim Schlachter." Sie war richtig wütend geworden. Jetzt atmete sie ein paar Mal tief durch und sprach dann weiter. „In der Mongolei und in Nepal habe ich anderes erlebt. Ich will bestimmt nicht behaupten, dass es dort keine Tierquälerei gäbe. Aber wenn eine Yak-Kuh im Himalaya plötzlich keine Milch mehr geben kann, hat eine arme Familie vielleicht schon nicht mehr genug zu essen. Und falls das Pony, das seinen Reiter über die steilen Gebirgspfade trägt, auch nur einen falschen Schritt macht, stürzen die beiden viele hundert Meter in die Tiefe."

Ich schauderte.

„Den Leuten dort ist absolut klar, dass Tiere fühlende Wesen sind. Ich habe tibetische Familien erlebt, die sich das Winterfutter für ein altes, schwaches Pferd regelrecht vom Munde abgespart haben. Wenn ich sie gefragt habe, warum sie das tun, haben sie mir gesagt: ‚Mein altes Pferd ist mein Freund. Sein Leben lang hat es mir treu gedient. Jetzt kann ich es doch nicht einfach verhungern lassen!' Ich glaube, dass die Leute dort Recht haben. Wenn es eine höhere Macht gibt, wird sich der Alois einmal für seine Gewissenlosigkeit verantworten müssen. Und ich hoffe sehr, Nina, dass du den Nori retten kannst. Ich werde dir so viel helfen, wie ich kann."

Sturmwolken

Am nächsten Morgen fuhr ich wieder zu Nori, denn von nun an wollte ich ihn keinen Tag mehr alleine lassen.

Am gleichen Abend sprach ich auch mit der Mandlhof-Clique über ihn. Die meisten wussten schon von Pia, was der Alois mit ihm vorhatte. Wir überlegten hin und her, was wir tun konnten.

„Frag doch Valentine, ob sie den Nori kaufen kann. Ihre Eltern haben bestimmt genug Geld“, meinte die zwölfjährige Sara. Sie ritt den Haflinger Hansi und eine der Zuchtstuten vom Mandlhof und war die Jüngste in unserer Runde. Ihre Idee war nicht schlecht, aber leider war Valentine am Wochenende mit ihrer Mutter und ihrem großen Bruder nach Ägypten geflogen. Die drei würden erst zum Schulbeginn wieder zurück sein, und dann war der Pferdemarkt in Traunfels gerade vorbei.

„Noris Verkaufsanzeige hat hier im Lokalblatt keinen Erfolg gehabt. Aber du könntest es noch mal in den großen überregionalen Pferdezeitschriften versuchen. Vielleicht findest du so einen Käufer“, schlug Gregor vor.

Das war eine gute Möglichkeit, aber so eine Anzeige würde nicht ganz billig sein. Also kramten wir in unseren Geldbörsen und hatten am Ende über fünfundzwanzig Euro gesammelt. Damit ließ sich bestimmt etwas machen. Wir begannen in den großen Stapeln Pferdezeitschriften zu kramen, die sich auf dem Heuboden angesammelt hatten. Wir suchten uns die Adressen der Anzeigenleitungen heraus und entwarfen dann ein kurzes Inserat, an dessen Ende stand: Wenn der Hengst nicht bis zum 12. September verkauft wird, droht ihm der Schlachter!!!

Am nächsten Morgen telefonierte ich sofort mit den verschiedenen Anzeigenbüros, aber überall war der Redaktionsschluss für die Septemberausgabe längst vorbei. Eine Redakteurin versuchte noch mit allen Mitteln, unseren Text irgendwie unterzubringen – vergeblich. Bei einer anderen Zeitschrift versprach man mir, dass man das Inserat doppelt so groß wie die anderen und außerdem kostenlos abdrucken werde. Ich müsse Noris Besitzer nur dazu überreden, das Pferd erst im Oktober zu verkaufen. Aber ich wusste, da gab es keine Chance. Am gleichen Abend gab ich meinen Freunden das Geld zurück. Wieder war ein Hoffnungsschimmer verschwunden.

Trotzdem bemühten sich die Leute aus der Clique weiter, mir zu helfen. Andi zum Beispiel, die zwei von Frau Seebergs Zuchtstuten ritt, war mit ihren achtzehn Jahren die Älteste. Sie machte eine Lehre bei einem bekannten Sattler in Berchtesgaden und hängte in seinem Geschäft einen großen Zettel über Nori am schwarzen Brett aus. Tatsächlich meldete sich bald darauf bei Tante Adele ein Bauer aus Unterteisendorf, der ein Pferd zum Holzrücken suchte.

Ich war gerade dabei, Nori zu putzen, als der Mann in seinem Geländewagen auf den Bertlhof fuhr. Mit kritischem Blick schaute er sich meinen Liebling an, warf einen Blick in sein Maul und befühlte seinen Rücken und seine Beine. Dann lief er mit ihm eine Runde über den Hof.

„Das ist ein einwandfreies, bildhübsches und sehr braves Pferd“, sagte er dann. „Wenn er etwas kräftiger wäre, würde ich ihn sofort kaufen. Aber leider ist er zu leicht gebaut, um schwere Baumstämme aus dem Wald zu ziehen.“ Er kratzte sich den Bart. „Und dieses wunderschöne Pferdl soll wirklich auf den Pferdemarkt in Traunfels?“

Tante Adele nickte traurig.

„Also, am liebsten würd ich den trotzdem mit nach Hause nehmen. Meine Kinder hätten bestimmt ihre Freud an ihm“, brummte er und ging noch einmal um Nori herum.

Mein Herz klopfte bis zum Hals.

Aber dann schüttelte er den Kopf. „Wir brauchen dringend ein Holzrücke-Pferd, und ein zweites Ross trägt unser Hof einfach nicht.“ Mitleidig sah er mich an. „Die Andi hat mir gesagt, wie gern du den Nori hast. Ich werd mich mal in meinem Dorf umhören, ob ihn dort wer haben mag.“

Enttäuscht machte ich meinen Liebling los, doch da kam der Bauer noch einmal zu mir. „Du schaffst das schon", sagte er leise. „Das hab ich im Gefühl, und ich täusch mich selten in so was." Er schlug mir noch einmal auf die Schulter und ging dann zu seinem Auto.

Eine Woche später stand plötzlich eine junge Frau namens Reichholt auf dem Bertlhof. Sie war eine Berufskollegin von Herrn Saalacher, dessen Friesenstute auf dem Mandlhof stand. Er hatte ihr von Nori erzählt, und weil sie gerade gemeinsam mit ihrer Freundin ein Pferd suchte, wollte sie sich den Hengst einmal ansehen. Ich ging mit ihr zur Weide.

Nori kam sofort wiehernd an den Zaun getrabt. Das tat er jetzt immer, wenn er mich sah. Frau Reichholt kramte in ihrer Jackentasche und holte ein paar Leckerlis hervor. Nori nahm sie vorsichtig mit seinen weichen Lippen aus ihrer Hand, und Frau Reichholt kraulte ihm den dichten Schopf.

„Sie können ruhig zu ihm auf die Weide gehen. Er ist sehr lieb", sagte ich.

Erfreut kroch sie unter dem Zaun durch. Bewundernd ging sie um Nori herum, der den Kopf nach ihr umdrehte und die Ohren spitzte. Die beiden mochten sich, das sah ich sofort. Mich biss natürlich sofort die Eifersucht. Aber gleichzeitig freute ich mich auch, denn Frau Reichholt schien in Ordnung zu sein, und Nori würde es bestimmt gut bei ihr haben. Prüfend fuhr sie mit der Hand an Noris Vorderbein entlang, und brav gab mein Liebling seinen Huf. Lächelnd richtete sie sich auf und kam zu mir herüber. „Er ist wirklich lieb und bildschön obendrein", sagte sie.

Ich krallte meine Finger um den Zaun. Mein Mund wurde trocken.

„Aber ich kann über seinen Kauf nicht alleine entscheiden", fuhr sie fort. „Meine Freundin ist im Urlaub und kommt erst in zehn Tagen zurück. Dann ist ja noch Zeit, um mit ihr über den Nori zu reden. Anschließend werde ich mich wieder bei Frau Huber melden."

Ich sah ihr lange nach, als sie in ihrem Ford vom Hof fuhr.

Ein paar Tage später rief ein freundlicher älterer Herr namens Eisenhuber bei Tante Adele an. Er wohnte in Bad Reichenhall und suchte für seine zehnjährige Enkelin eigentlich einen Haflinger zum Reiten. Aber dann hatte das Mädchen von Nori gehört, und jetzt wollten die beiden ihn mal kennen lernen. Natürlich fragte ihn Tante Adele, wie er ausgerechnet in Bad Reichenhall von Nori erfahren habe. Immerhin lag die Stadt mindestens eine halbe Autostunde von Bischofsfelden entfernt. Er erzählte, dass der achtjährige Felix dahinter steckte, der in Bad Reichenhall wohnte und von seinem Großvater zweimal pro Woche zum Mandlhof gebracht wurde. In allen Reitställen in und um seinen Heimatort hatte er große Zettel aufgehängt, auf denen in roten Lettern zu lesen stand: „Pferd in Lebensgefahr! Bitte helfen Sie! Weitere Informationen bei Felix Gruber." Und dann folgte seine Telefonnummer. Ich war gerührt und stolz. Es war ein schönes Gefühl, dass auf dem Mandlhof so viele Menschen zu mir hielten und mir helfen wollten, obwohl sie Nori ja gar nicht kannten.

Herr Eisenhuber schaute noch am gleichen Abend mit seiner Enkelin bei Nori vorbei. Ich wollte gerade duschen, doch als Tante Adele anrief, schlüpfte ich schnell wieder in meine Reitsachen und rannte los. Keuchend kam ich auf dem Hof an, als sie Nori gerade aus seiner Box holten. Wie jeden Tag hatte ich ihn gründlich geputzt, und zufällig hatte ich ihm ausgerechnet heute Mähne und Schweif gewaschen. Zum Glück hatte er sich seitdem nicht mehr gewälzt, und so leuchtete er in der untergehenden Sonne wie Gold. Als er mich sah, wieherte er sein dunkles Hengstwiehern.

„Oh“, sagte das Mädchen und machte große Augen.

Herr Eisenhuber lächelte. Dann ging er auf Nori zu und streichelte ihm über die Nüstern. „Man müsste ihn kastrieren“, murmelte er vor sich hin.

Wie bitte? Ich öffnete den Mund, um dem Mann ordentlich die Meinung zu geigen. Doch da stieß mir Tante Adele leicht in die Rippen und warf mir einen warnenden Blick zu. Ich kapierte. Sie hatte ja Recht. Besser ein zufriedenes Leben als Wallach, als ein elender Tod beim Pferdemetzger ...

Jetzt kam auch das Mädchen auf Nori zu und streichelte ihm schüchtern über den muskulösen Hals. Er sah mit gespitzten Ohren zu ihr hinab und schnaubte leise. Verzückt streichelte das Mädchen ihn weiter und konnte sich gar nicht von ihm losreißen. So war es schon dunkel, als die beiden schließlich vom Hof fuhren.

„Er hat Nori gemocht, und das Mädchen war ganz begeistert von ihm“, sagte ich, als ich meinen Schatz wieder in den Stall gebracht hatte. „Vielleicht haben wir ja dieses Mal endlich Glück." Doch Tante Adele wiegte zweifelnd den Kopf.

So verging die Zeit zwischen Bangen und Hoffen. Auch Pia machte sich Sorgen, nicht nur um Nori. Denn Tante Adele fand einfach keine neue Bleibe. Die Vermieter, deren Wohnungen sie sich ansah, wussten ja meist schon durch den Bischofsfeldener Dorfklatsch, dass sie bald arbeitslos sein würde. Niemand wollte sich eine Frau ins Haus holen, die wahrscheinlich keine neue Arbeit mehr finden und bald von der Sozialhilfe abhängig sein würde.

Hinzu kam, dass Tante Adele sich auf keinen Fall von Rabauke und dem alten Kater „Opa" trennen wollte. Pia war es zu verdanken, dass alle übrigen Katzen vom Bertlhof ein neues Zuhause gefunden hatten. Sie hatte sie nämlich kurzerhand unter den Mitgliedern unserer Clique verteilt. Das war so schnell gegangen, dass ich keine Katze mehr abbekommen hatte, obwohl meine Eltern mit einem Haustier einverstanden gewesen wären. Ich hätte auch Rabauke oder Kater Opa bei mir aufgenommen. Aber Tante Adele gab sie nicht her. Sie meinte, dass die beiden auf ihre alten Tage schon genug unter dem Wohnungswechsel zu leiden hätten. Da sollten sie wenigstens bei einer vertrauten Person bleiben dürfen.

„Und wenn ich unter einer Brücke schlafen muss, die beiden wohnen bei mir bis zu ihrem Tod", sagte sie entschlossen, und dabei blieb es.

An einem sonnigen Dienstagabend erschien plötzlich der Stallhelfer Sepp während der Brotzeit auf dem Heuboden. Er strahlte wie ein Honigkuchenpferd. „Hallo miteinand“, sagte er fröhlich. „Lasst euch nicht stören. Ich wollt euch nur sagen, dass ich in vier Wochen die Elvira heiraten werde und ihr alle am Freitag vorher zum Polterabend eingeladen seid.“ Seine Verlobte hatte seit fünf Jahren einen Haflinger auf dem Mandlhof stehen, und fast genauso lange waren sie und Sepp ein Paar.

Wir gratulierten dem Sepp und schüttelten ihm die Hand. Er strahlte noch breiter. „Die Elvira ist nämlich schwanger“, verkündete er stolz. „Wir haben auch schon eine neue Wohnung hier in Bischofsfelden gefunden.“ Alle freuten sich mit ihm, denn Sepp und Elvira waren überall beliebt.

„Es gibt tatsächlich noch Leute, die richtig glücklich sind“, sagte Pia seufzend, als der Stallhelfer pfeifend die Leiter zum Heuboden wieder hinunterstieg.

Gregor grinste nur. „Wir sollten ihn fragen, wann er umzieht“, meinte er nach einer Weile. „Sicher freut er sich, wenn wir ihm beim Packen und Möbelschleppen helfen. Das sind wir ihm schuldig, denke ich. Und Elvira darf im Moment ja ohnehin nicht schwer tragen.“

„Warte mal!“, schrie Pia so plötzlich, dass ich neben ihr erschrocken zusammenzuckte. „Hast du was von Umziehen gesagt?“

„J-ja, natürlich“, stotterte Gregor verdutzt.

„Dann wird ja hier auf dem Mandlhof eine Wohnung frei!“, brüllte Pia noch lauter. Sepp lebte nämlich seit Jahren in einem kleinen Appartement über der Reithalle.

Jetzt fiel auch bei mir der Groschen. Vielleicht konnte Tante Adele ja dort oben einziehen. Frau Seeberg hatte bestimmt nicht solche Vorurteile wie die anderen Vermieter.

In Windeseile kletterten wir die Leiter hinunter. und suchten unsere Reitlehrerin. Schließlich fanden wir sie im Hengststall hinter dem Wäldchen, wo sie gerade Almwind von der Weide holte. Pia wartete, bis sie den Hengst am Stall festgebunden hatte.

„Dürfen wir helfen?“, fragte sie dann. Ich nickte enthusiastisch. Ein bisschen nett sein konnte in diesem Fall nicht schaden.

Frau Seeberg warf uns einen überraschten Blick zu. „Ja, natürlich“, sagte sie dann. „Danke.“

Pia nahm sich den Striegel aus Almwinds Putzkiste, und ich griff nach dem Mähnenkamm.

Frau Seeberg begann die Hufe des Hengstes auszukratzen. Dabei warf sie uns immer wieder halb belustigte, halb fragende Blicke zu. „Also, dann mal raus mit der Sprache“, meinte sie, als sie mit den Hufen fertig war. Meine Freundin holte tief Luft und begann ihr von Tante Adele zu erzählen. Unsere Reitlehrerin hörte aufmerksam zu. „Und wenn der Sepp jetzt bei Ihnen auszieht, könnte doch vielleicht meine Tante die Wohnung haben“, schloss Pia.

Nachdenklich zupfte Frau Seeberg einen Strohhalm aus Almwinds Schweif.

Pia klopfte vorsichtig den Striegel auf dem Boden aus.

„Wenn die Frau Huber auf den Mandlhof zöge, wäre das gut, sehr gut sogar“, meinte Frau Seeberg nach einer Weile.

Wir atmeten hörbar auf.

„Es ist nämlich so“, erklärte unsere Reitlehrerin. „Der Sepp hat nachts, bevor er ins Bett ging, immer noch einen Rundgang durch die Pferdeställe gemacht. Da er jetzt an das andere Ende von Bischofsfelden zieht, kann er das natürlich nicht mehr tun. Falls Frau Huber das übernähme und auch sonst hier und da ein wenig mithelfen würde, könnte sie kostenlos auf dem Mandlhof wohnen. Und was ihre Arbeitslosigkeit betrifft ...“

Wieder schwieg sie kurz und fuhr dann fort: „Ich habe mich entschlossen, ab dem nächsten Sommer im hinteren Teil des Schlösschens eine Pension für Urlaubsgäste einzurichten. So würden die unbewohnten, frisch renovierten Teile des Hauses wieder genutzt, und es käme hoffentlich auch Geld in meine leeren Kassen. Allerdings müsste ich jemanden einstellen, der sich um die Pensionsgäste kümmern könnte. Vielleicht wäre deine Tante dafür genau die Richtige, Pia. Ich kenne sie ja ein wenig. Sie ist freundlich, sie kann hart anpacken und versteht eine Menge von Tieren. Mir war gar nicht klar, dass sie so in Schwierigkeiten ist.“ Sie sah uns nachdenklich an, dann lächelte sie. „Na, vielleicht sollte ich mich doch ein wenig mehr am Dorfklatsch beteiligen.“

Pia machte fast einen Luftsprung vor Freude. „Danke“, rief sie überschwänglich. „Das ist wirklich eine Superidee.“

„Oh nein, ich muss mich bei dir bedanken“, sagte Frau Seeberg und lachte. „Schließlich wäre mir mit dieser Lösung auch geholfen.“

Pia räusperte sich. „Die Sache hat noch einen klitzekleinen Haken“, fuhr sie fort und erzählte von Rabauke und Kater Opa.

„Der alte Schäferhund wäre sicher kein Problem“, überlegte Frau Seeberg laut. „Ich hätte mir über kurz oder lang bestimmt wieder einen Hund angeschafft. Aber der Kater ... Ob der unter unseren jungen Hofkatzen noch heimisch werden kann? Wie gesund ist er denn?“

Pia zuckte die Schultern. „Ihm fehlen zwei Zähne, aber sonst ist er noch ganz fit. Er legt Tante Adele voller Stolz jeden Morgen eine tote Maus vors Bett. Manchmal ist es auch eine Ratte.“

Frau Seeberg lachte. „Na, dann wird er sich sicher einen Ehrenplatz als Alterspräsident der Mandlhof-Katzen erkämpfen. Also, ich habe nichts dagegen, dass Frau Huber die beiden Tiere mitbringt.“ Dann schaute sie auf ihre Uhr. „Oh, so spät schon. Seid doch bitte so gut und helft mir beim Satteln. Wenn ich sofort mit dem Reiten anfange, habe ich vor der nächsten Unterrichtsstunde noch Zeit, um deine Tante anzurufen. Ich möchte doch zu gerne wissen, was sie von unserer Idee hält.“

Als wir zum Stall zurückgingen, hatte Pia knallrote Backen und strahlte über das ganze Gesicht.

„Nun red schon! Wie war's?“, fragte Sara, als wir auf dem Heuboden ankamen.

Meine Freundin ließ sich auf einen Strohballen fallen und atmete tief durch. „Ich glaube, ab heute haben wir eine Sorge weniger“, sagte sie und grinste zufrieden.

Doch für Nori gab es immer noch keine Lösung. Ich konnte nichts tun außer warten und mich gut um ihn kümmern. An einem Samstagabend meldete sich Herr Eisenhuber wieder bei Tante Adele. Nach einem Gespräch mit dem Reitlehrer seiner Enkelin sei er nun doch der Meinung, dass für sie nur ein älteres erfahrenes Pferd in Frage käme, erklärte er traurig. Das Mädchen hatte erst seit einem halben Jahr Reitunterricht. Mit einem ungerittenen Dreijährigen wäre sie total überfordert, selbst mit dem ruhigen Nori. Sie wäre jetzt untröstlich, meinte er, und auch ihm täte es von Herzen Leid, aber er könne den Nori leider nicht kaufen.

Tante Adele erzählte es mir am nächsten Morgen, als sie in aller Frühe anrief.

Ich war wie vor den Kopf geschlagen. Ich war mir fast sicher gewesen, dass die beiden Nori retten würden. Nun war es also wieder nichts. Schließlich raffte ich mich doch auf und ging zum Stall. Ich durfte die Hoffnung einfach nicht aufgeben. Schließlich gab es ja noch Frau Reichholt.

Als ich Nori aus dem Stall holen wollte, hörte ich, wie ein Auto auf den Hof fuhr. Ich kannte das Geräusch. Es gehörte zu dem großen neuen Mercedes von Alois. Bisher hatte ich ihn erst einmal gesehen und kaum ein Wort mit ihm gesprochen. Was wollte er ausgerechnet heute hier? Ich schob die Tür von Noris Box auf.

Jetzt knallte die Autotür, und schnelle Schritte näherten sich dem Stall. Alois stürmte durch die Tür. Sein Gesicht war puterrot, und seine Haare klebten in verschwitzten Strähnen an seiner Stirn. Die kleinen dunklen Augen glänzten vor Wut. Erschrocken wich ich einen Schritt zurück.

Er packte meinen Arm so fest, dass ich aufschrie, und riss mich zu sich herum. Sein Gesicht war mir jetzt so nahe, dass ich seinen nach Alkohol stinkenden Atem riechen konnte.

„Wage es ja nicht, mich noch einmal im Dorf als Pferdeschinder hinzustellen“, zischte er. „Ich kann hier nicht mal mehr am Sonntagmorgen zum Frühschoppen gehen, ohne dass mich die Leut auf den Nori ansprechen. Und manche sehen mich an, als wär ich ein Verbrecher!“

Ich hatte Angst vor diesem groben, stinkenden Kerl, aber meine Wut war stärker. „Das sind Sie ja auch“, zischte ich und versuchte mich aus seinem Griff zu befreien. Doch seine Hand war wie ein Schraubstock.

„Du freche Göre! Hausverbot hast du von jetzt an! Ich hätt dich schon längst vom Hof jagen sollen!“, brüllte er und riss die Faust hoch.

Schützend hob ich den freien Arm vor mein Gesicht.

„Lass das Mädchen sofort los!“, ertönte da eine feste Stimme von der Stalltür. „Nina kümmert sich seit vielen Wochen rührend um den Nori, ohne eine Belohnung zu erwarten. Und nun versucht sie alles, um das Pferd für dich zu verkaufen. Wenn du ihr auch nur ein Haar krümmst, hole ich sofort die Polizei und zeige dich wegen Körperverletzung an, das schwöre ich dir.“

Alois drehte den Kopf und stierte sie an. Dann ließ er mich los und ging eilig aus dem Stall.

Zitternd sank ich auf einen Strohballen. Tante Adele setzte sich neben mich und nahm mich in den Arm. „Vergiss ihn am besten ganz schnell", sagte sie dann. „Natürlich wirst du dich weiter um den Nori kümmern. Der Alois kommt normalerweise nur ganz selten auf den Bertlhof. Und wenn er doch einmal hier auftaucht, sage ich dir vorher schnell Bescheid." Kopfschüttelnd betrachtete sie meinen Arm. Über meinem Ellenbogen, genau unter dem Ärmel meines T-Shirts, waren deutlich fünf rote Flecken zu sehen.

Meinen Eltern erzählte ich nichts davon. Sie würden mich garantiert nicht mehr zu Nori lassen, wenn sie wüssten, wie jähzornig sein Besitzer war. So schlich die Zeit weiter dahin, und der Tag des Pferdemarktes rückte immer näher. Von Frau Reichholt hörten wir nichts.

Doch nach einer Reitstunde, als ich gerade Favory die Hufe auskratzte, stand plötzlich Pia hinter mir. Sie sah sehr blass aus.

„Eben war Frau Reichholt bei Tante Adele", sagte sie mit leiser Stimme. „Sie kann den Nori nicht kaufen. Eigentlich hatte sie sich mit ihrer Freundin auf einen Lipizzaner oder einen Andalusier geeinigt, denn die hat seit ihrer Kindheit davon geträumt, einmal hohe Schule zu reiten. Und mit einem Kaltblut könne man das halt nicht, meinte sie. Das müsse man wohl verstehen, hat Frau Reichholt noch gesagt. Aber Tante Adele meinte, dass ihr dabei die Tränen in den

Augen gestanden hätten. Es tut mir furchtbar Leid, Nina."

Ich stellte Favorys Huf wieder hin. Dann setzte ich mich auf einen Strohballen und starrte auf den Boden.

Jetzt war alles aus. Wir hatten getan, was wir konnten, aber nichts hatte geklappt. Übermorgen war der Pferdemarkt, und wenn jetzt nicht noch ein Wunder geschah, war Nori verloren. Ich schluckte schwer.

Pia machte Favory für mich fertig und brachte ihn in seine Box.

Da kam Viktoria über den Hof und ging auf die Stalltür zu. Sie sollte bald ein eigenes Pferd bekommen, das wusste ich. Schon länger hatte ich überlegt, ob ich nicht einmal mit ihr über Nori sprechen sollte. Aber dann hatte ich mich doch nicht getraut. Viktoria wollte Turniere reiten, das war klar. Und sie war nicht der Typ, der seine Pläne änderte, nur um ein Pferd zu retten.

Aber jetzt musste ich es versuchen. Ich würde ihr die Füße küssen, wenn sie bloß Nori vor dem Pferdemetzger retten würde. Sie war seine letzte Chance. Ich stand auf und ging zu ihr hin.

„Hallo, Viktoria", presste ich mühsam hervor.

„Hallo", antwortete sie beiläufig und wollte weitergehen.

Ich fasste sie am Arm. Erstaunt sah sie mich an.

„Du hast doch sicher von Nori gehört und dass er auf den Pferdemarkt in Traunfels soll", begann ich stockend. „Weil du doch jetzt ein Pferd bekommen sollst, dachte ich, dass du ihn vielleicht haben möchtest."

Sie schaute mich an, als wäre ich eine Erscheinung.

„Bitte", sagte ich. „Er wird sonst wahrscheinlich geschlachtet."

Einen kurzen Moment schien Viktoria nachzudenken, doch dann sah sie mich hochmütig an.

„Hör mal", sagte sie. „Es tut mir ja auch Leid um den Nori, aber ich bin nicht die Pferderettung. Mein Vater will mir ein sehr gutes Turnierpferd kaufen. Danach wird mich Frau Seeberg zusammen mit Cornelia für Dressurturniere trainieren. Was soll ich also mit einem Kaltblut wie dem Nori? Wie stellst du dir das vor?"

Ich brachte kein Wort heraus.

„Außerdem muss der Pferdemarkt für den Nori ja gar nicht beim Metzger enden", fuhr sie fort. „Vielleicht findet er ja doch noch einen Käufer. Also mach mal halblang."

Sie bedachte mich noch mit einem mitleidigen Blick und ließ mich stehen. Ich sah hinter ihr her und wünschte ihr auf der Stelle die Pest an den Hals. Was bildete die bescheuerte Kuh sich eigentlich ein? Doch dann schossen mir die Tränen in die Augen, denn mir wurde klar, dass nun auch der letzte rettende Strohhalm sich in Luft aufgelöst hatte. Ich stürzte zur Leiter, kletterte auf den Heuboden und warf mich ins Stroh. Pia kam hinter mir her und streichelte mir hilflos über die Schulter.

„Ich wünschte, das alles wäre endlich vorbei", sagte sie nach einer Weile leise.

„Willst du etwa, dass der Nori stirbt?", flüsterte ich mit erstickter Stimme.

„Natürlich will ich das nicht", erwiderte sie und sah mich traurig an. „Aber wenn der Nori tatsächlich zum Metzger muss, wäre es doch besser, er wäre schon tot und hätte alles überstanden."

Sturm in den Bergen

Am nächsten Tag zog Tante Adele aus dem Bertlhof aus. Freudig hatte sie das Angebot von Frau Seeberg angenommen. Jetzt würde sie bald sogar wieder eine neue Anstellung haben!

Weil sie nicht mit ansehen wollte, wie Nori und die anderen Tiere vom Hof gingen, hatte sie sich volle zwei Monate Urlaub genommen.

Pias Vater hatte für den Umzug einen Kleinlaster organisiert, und auch wir beiden packten ordentlich mit an. Es ging ziemlich schnell, denn Tante Adele besaß nicht viel. Noch nicht einmal alle Möbel in ihrem Zimmer gehörten ihr. Sie hatte ja immer geglaubt, dass sie bis zu ihrem Tod auf dem Bertlhof bleiben würde.

Sie ging, ohne sich noch einmal umzusehen. Mit Kater Opa auf dem Arm stieg sie ins Auto und fuhr davon.

Ich holte Nori in den Stall. Alois würde erst gegen Abend kommen, und so hatte ich genug Zeit, meinen Liebling für den Pferdemarkt so schön wie nur möglich herzurichten. Ich wollte alles dafür tun, dass er morgen doch noch einen Käufer fand.

Danach saß ich noch lange bei Nori, sah ihm beim Fressen zu und streichelte ihn. Ich konnte immer noch nicht glauben, dass ich ihn heute tatsächlich zum letzten Mal sehen sollte. Die Sonne ging schon unter, als ich Alois' Mercedes auf den Hof fahren hörte. Ich umarmte Nori und streichelte ihm zum letzten Mal die weichen Nüstern. Dann kletterte ich durch das Stallfenster.

Meine Eltern wollten Pia und mich heute Abend zur Ablenkung ins Kino einladen. Doch nur meine Mutter war zu Hause, als ich ankam. „Papa hat uns einen Zettel geschrieben. Er musste noch einmal weg und kommt erst spät nach Hause. Das hat er eilig aufs Papier gekritzelt. Ich hoffe nur, dass in der Kaserne alles in Ordnung ist", sagte sie besorgt.

Wir beschlossen, den Kinobesuch trotzdem nicht ausfallen zu lassen. Normalerweise hätte ich mich schon Tage vorher auf den Film gefreut. Aber heute wusste ich hinterher nicht einmal, wie er ausgegangen war.

Als ich zu Hause im Bett lag, konnte ich nicht einschlafen und starrte in die Dunkelheit. Irgendwann muss ich doch eingedöst sein, denn ein Albtraum riss mich aus dem Schlaf. Wieder hatte ich Nori vor mir gesehen. – Nori auf einem Pferdetransporter zusammengepfercht, Nori in der dunklen Box auf dem Schlachthof. Und ich hatte sein verzweifeltes Wiehern gehört. Er hatte mich um Hilfe gerufen.

Unruhig wälzte ich mich von einer Seite auf die andere. Ich hatte die Hoffnung aufgegeben, dass er morgen einen Käufer finden würde. Wir hatten doch schon so viel unternommen, und trotzdem hatte ihn am Ende niemand haben wollen. Er durfte einfach nicht auf den Pferdemarkt kommen, denn das würde seinen sicheren Tod bedeuten.

Ich überlegte. Wenn Nori nicht in seinem Stall war, konnte der Alois ihn auch nicht nach Traunfels bringen. Ich musste ihn also nur bis zum Mittag verstecken. Aber wo?

Mir fiel die einsame Hütte auf der Bertlhof-Alm ein, wo wir damals Pilze gesucht hatten. Das war doch ein perfektes Versteck!

Ich sah auf die Uhr. Es war halb eins. Geisterstunde, dachte ich grimmig. Dann zog ich mich leise an, schlich die Treppe hinunter, nahm vorsichtig meinen Anorak vom Kleiderhaken und schlüpfte durch die Tür. Geschafft!

Eilig lief ich zum Bertlhof. Das Tor war verriegelt, also kletterte ich durchs Stallfenster. Nori begrüßte mich grummelnd.

Vorsichtig spähte ich durch die Stalltür. Von dem Mercedes war nichts zu sehen. Wir hatten freie Bahn. Wunderbar!

Ich holte den Zweitschlüssel zum Hoftor aus dem Kuhstall. Dann zog ich Nori sein Halfter an, machte einen Strick daran fest und nahm die große Taschenlampe vom Haken. Vorsorglich kratzte ich ihm noch schnell die Hufe aus. Alois sollte keine Spuren von uns finden, wenn er nach Hause kam.

Schnell führte ich Nori vom Hof und schloss das Tor ab. Dann marschierten wir los. Der Mond schien, aber der Wind wehte dunkle Wolken über den Himmel. Noch traute ich mich nicht, die Taschenlampe anzumachen. Wenn der Alois jetzt nach Hause käme, würde er uns vielleicht sehen. Ich zählte die Wegkreuzungen: eins, zwei, drei ... An der vierten bog ich nach links ab und knipste kurz das Licht an. Ja, da war der verfallene Heustadl. Auch das alte Kreuz konnte ich im Mondlicht erkennen. Jetzt machte der Weg eine scharfe Kurve. Es ging an einem Weiher vorbei und über einen Bach. Dann erreichten wir den Wald. Noch einmal schaltete ich kurz die Taschenlampe an. Dort drüben stand die kleine Kapelle. Ich hatte den richtigen Aufstieg gefunden.

Langsam ging es bergan. Nun brauchte ich wirklich mehr Licht, denn zwischen den Bäumen war es stockdunkel. Nori schnaubte unruhig hinter mir und folgte mir nur noch zögernd.

Der Wind war stärker geworden, und die Bäume rauschten laut. Blätter segelten durch die Luft und tanzten raschelnd und flüsternd über den Boden. Plötzlich starrte mich ein Paar gelber Augen an. Ich zuckte zusammen. Auch Nori blieb erschrocken stehen.

Doch da waren die Augen schon wieder verschwunden.

„Ist schon gut, mein Schatz", murmelte ich und strich ihm beruhigend über den Hals. Wir gingen weiter.

Wahrscheinlich würde mich Alois vor Gericht stellen, weil ich Nori entführt hatte. Gnade konnte ich keine erwarten. Nori war nun mal sein Eigentum, und Tiere waren vor dem Gesetz nicht viel mehr wert als eine Sache. Würde der Richter mir glauben, wenn ich ihm erzählte, dass ich Nori vor dem Schlachter retten wollte?

Der Kiesweg krümmte sich jetzt zu einem schmalen Pfad. Wir mussten schon ziemlich hoch oben sein, denn es wurde immer kälter. Zum Glück hatte ich meinen Anorak angezogen, doch am besten hätte ich mir noch eine Mütze und ein Paar Handschuhe mitgenommen.

Die Bäume rückten immer enger um uns zusammen. Ihre Äste wiegten sich im Wind, strichen mir über die Schultern und fuhren über Noris Körper. Der ganze Wald war in Bewegung. Dicht über unseren Köpfen flog krächzend ein Rabe auf.

Jetzt konnte ich die Menschen im Himalaya verstehen, wenn sie glaubten, dass hoch oben zwischen den Felsen Dämonen lauerten. Ein heftiger Windstoß fuhr durch die Bäume. Nori machte einen Satz zur Seite und riss mich fast um. Dann blieb er schnaufend stehen. Zum Glück hatte ich den Griff der Taschenlampe um meinen Arm gehängt, sonst wäre sie jetzt zu Boden gefallen und vielleicht kaputtgegangen. Ohne Licht wäre ich hier oben hilflos. Plötzlich ertönte ganz in der Nähe ein gewaltiges Krachen. Es klang, als würde ein riesiger Baum umstürzen. Nori stieg. Ich brauchte eine Ewigkeit, bis ich ihn so weit beruhigt hatte, dass wir weitergehen konnten.

Mittlerweile war der Wind zum Sturm geworden.

Mir war klar, dass wir so schnell wie möglich aus dem Wald herausmussten.

Langsam lichteten sich die Bäume. Immer wieder gaben sie den Blick auf zerfetzte Wolken frei, die sich über den grauen Himmel wälzten. Dann donnerte es – so drohend und gewaltig, wie ich es nie zuvor gehört hatte. Der Schall stieß sich an den Felsen ab und rollte über die Berge. Es schien gar nicht mehr aufzuhören. Nori tänzelte nervös, ich redete beruhigend auf ihn ein.

Ein Blitz flammte durch die Dunkelheit. Das Gewitter war noch nicht über uns, aber wir mussten uns beeilen. Nori folgte mir zitternd.

Im Licht des Blitzes hatte ich ungefähr dreihundert Meter über uns die Almhütte gesehen. Wir brauchten nur dem schmalen Pfad folgen, dann würden wir bald dort sein.

Schnell konnten wir nicht gehen. Der Wind riss und zerrte heftig an uns. Gras und Äste wehten durch die Luft und schlugen uns ins Gesicht. Wir kämpften um jeden Schritt.

Dann ging die Taschenlampe aus. Um uns war nur noch tosende Dunkelheit. Ich blieb stehen. Panik stieg in mir hoch. Dicht hinter mir hörte ich Noris gehetzten Atem.

Es donnerte wieder. Es klang, als hätte jemand eine riesige Kugel auf die Berge geworfen und ließe sie nun langsam über die Gipfel auf uns zu rollen. Dann war der Himmel plötzlich taghell erleuchtet.

Die Hütte war nicht mehr weit entfernt. „Wir schaffen es, Nori!“, schrie ich in den Sturm hinein.

Sein Führstrick spannte sich kurz, doch dann fühlte ich wieder seinen warmen Atem in meinem Nacken. Meine Hände waren jetzt so kalt, dass ich kaum noch Gefühl in meinen Fingern hatte. Die Zehen spürte ich gar nicht mehr. Unseren Weg vor mir konnte ich auch nicht mehr erkennen. Ein paar Mal stolperte ich und fiel auf die Knie.

Bestimmt würde gleich links von uns der kleine Heustadl in Sicht kommen. Dann waren es nur noch wenige Schritte. Doch was war das für ein eigenartiges leises Rauschen? Deutlich unterschied es sich von dem Brüllen des Sturms. Es war rechts vor uns und wurde immer lauter. Mein rechter Fuß rutschte ab und landete im eiskalten Wasser. Hatten wir denn damals einen Bach überquert, bevor wir die Almhütte erreicht hatten?

Ich rappelte mich hoch. Erschrocken stellte ich fest, dass der Wind sich gedreht hatte. Oder waren wir vom Weg abgekommen?

Da rollte der Donner wieder über die Felsen, so schrecklich laut und machtvoll, dass ich entsetzt in Noris Mähne griff. Ein paar Meter rechts von uns stand plötzlich eine verkrümmte Kiefer in Flammen. Zwei Schritte vor uns stürzte der Bach in die Tiefe.

Ich schrie. Nori stieg und bockte, schlug wild mit den Hufen um sich und riss an seinem Führseil. Ich fiel auf die Knie, der Strick schoss durch meine Hände. Nori galoppierte davon.

„Nein, bleib bei mir!“, brüllte ich in den Sturm hinein. Doch er rannte in panischem Schrecken weiter und verschwand in der Dunkelheit.

Jetzt begann es auch noch zu schneien. Rasend schnell fraßen sich die dicken weißen Flocken in meine Kleider. Schluchzend rappelte ich mich hoch. Im Licht des brennenden Baumes schleppte ich mich von dem Abhang fort. Wie ein wildes Tier kauerte ich mich in den Schutz eines Felsens.

Wenig später erlosch die Kiefer. Doch der Sturm wütete noch lange. Erst als sich über den Bergen schon ein heller Streifen zeigte, wurde es still. Langsam sanken die letzten Schneeflocken auf die Erde. Es war, als würde alles Leben von einer dicken weißen Decke erstickt.

„Kommen Sie schnell! Ich glaube, da ist sie!“ War das nicht Tante Adele? Langsam öffnete ich die Augen. Was war los? Ich wollte mich bewegen, aber ich schaffte es nicht. Mein ganzer Körper zitterte. Mir war eiskalt. War ich eingeschlafen oder ohnmächtig geworden?

Über mir keuchte jemand. Dann sah ich wirklich Tante Adele vor mir. Hinter ihr tauchte das bleiche Gesicht meines Vaters auf. Sie packten mich an den Armen und zogen mich aus meiner Höhle.

„Um Gottes willen, Kind!“, rief Tante Adele entsetzt aus. „Du bist ja halb erfroren!“ Mein Vater hatte sich eine Decke über die Schulter gehängt. Schnell wickelten sie mich darin ein. Dann trug mich Papa den Weg hinab durch den Wald.

Langsam wurde mir ein wenig wärmer. Meine Hände und Füße kribbelten und schmerzten entsetzlich. Wir erreichten das Auto, mit dem mein Vater so weit wie möglich den Waldweg hinaufgefahren war. Er setzte mich auf die Rückbank, ließ sich hinter das Steuer sinken und legte den Kopf auf die Arme. Schnell zog mir Tante Adele trockene Sachen an. Dann holte sie eine Thermoskanne mit heißem Tee und flößte mir eine Tasse davon ein.

„Wo ist Nori?", fragte ich leise.

Papa schwieg, doch Tante Adele antwortete: „Heute Morgen wollte ihn der Alois füttern, aber seine Box war leer. Da ist der Alois auf die Straße gerannt und hat den Nori klatschnass und mit zerrissenem Halfter auf der Weide gefunden. Er hat gleich kapiert, was los war und deine Eltern angerufen. Sie sollten einmal nachsehen, ob ihre freche Göre noch im Bett läge, hat er ins Telefon gebrüllt. In der Nacht hätte nämlich jemand versucht, den Nori zu entführen."

Da drehte mein Vater sich zu mir um, und zum ersten Mal an diesem Tag sah ich mit klarem Bewusstsein in sein Gesicht. Ich erschrak. Er war kalkweiß und hatte dunkle Ringe unter den Augen. „Wie konntest du nur so etwas tun?", fragte er. „Wir haben Todesängste um dich ausgestanden. Zum Glück ist uns eingefallen, dass Frau Huber vielleicht weiß, wo du steckst. In heller Aufregung sind wir zum Mandlhof gefahren, denn sie hat ja noch kein Telefon."

Tante Adele nickte. „Ich konnte mir denken, wo du hinwolltest. Bei der Vorstellung, dass du wahrscheinlich die ganze Nacht hier oben im Sturm alleine gewesen bist, bin ich fast in Panik geraten." Sie schüttelte den Kopf. „Mehr Glück als Verstand hast gehabt. Du könntest jetzt tot sein."

Ich dachte an die brennende Kiefer und an den Abhang vor meinen Füßen.

Papa sah mich immer noch an. „Dabei hättest du die Nacht ruhig im Bett verbringen können“, sagte er. „Wir hatten nämlich eine Lösung für dich und deinen Nori gefunden.“

Entgeistert starrte ich ihn an.

Er fuhr fort: „Gestern Abend, bevor wir ins Kino gehen wollten, rief eine Frau namens Kleinert an. Sie ist eine enge Freundin deiner Reitlehrerin und war gerade mit ihrer Familie aus dem Urlaub zurückgekommen. Frau Seeberg hatte ihr sofort von Nori erzählt. Stell dir vor, die Frau Kleinert ist Reittherapeutin.“

Ich nickte.

Papa redete weiter. „Im Moment arbeitet sie nur halbtags, weil sie drei Kinder hat und ihr jüngstes noch nicht in den Kindergarten geht. Aber ab dem nächsten Sommer will sie wieder stärker einsteigen. Und dafür braucht sie noch ein Pferd. Doch bei ihrer großen Familie fehlt ihr das Geld, um ein Jahr lang eins durchzufüttern, mit dem sie noch nichts verdienen kann. Da hat sie vorgeschlagen, dass wir uns den Nori teilen. Ich soll ihn für dich kaufen. Sie hat in ihrem Stall Platz genug, und die Kosten für Futter, Hufschmied und Tierarzt würden wir uns teilen. Das können wir uns beide leisten. Wir hatten schon einen Vertrag aufgesetzt, in dem alles genau geregelt war.“ Er schüttelte den Kopf. „Sogar um das Einreiten hätte sich Frau Kleinert gekümmert – mit dir zusammen, versteht sich.“

Verzweifelt legte ich den Kopf in die Hände. Das konnte doch nicht wahr sein! Durch unsere Flucht hatte ich die letzte Chance vertan, meinen Liebling zu retten. „Entschuldige", flüsterte ich. „Jetzt hab ich wohl alles vermasselt."

Papa seufzte. „Wir haben alle Fehler gemacht. Frau Seeberg hätte dir wohl besser sagen sollen, dass sie mit ihrer Freundin über den Nori reden will. Aber sie wusste ja nicht, was die Frau Kleinert dazu sagen würde und hatte Angst, dass du dir schon wieder vergeblich Hoffnungen machen würdest. Und ich hätte dich gestern wecken sollen, um dir zu erzählen, dass wir den Nori doch noch retten können. Aber du hast so friedlich geschlafen. Da habe ich es nicht übers Herz gebracht. Wer konnte denn ahnen ..."

„Wo ist der Nori jetzt?", fragte ich heiser.

Traurig sah Papa mich an. „Vermutlich auf dem Pferdemarkt. Jedenfalls hat der Alois ins Telefon gebrüllt, dass du ihn nun nicht mehr daran hindern könntest, mit dem Nori nach Traunfels zu fahren."

„Jetzt ist es kurz vor zehn, der Pferdemarkt ist erst in zwei Stunden zu Ende", sagte Tante Adele ruhig. „Wenn wir uns beeilen, können wir noch rechtzeitig dort sein."

„Ja", brüllte ich. Meine Lebensgeister waren mit einem Schlag zurückgekehrt.

Doch Papa schüttelte den Kopf. „Du musst so schnell wie möglich zum Arzt."

„Ich muss so schnell wie möglich zu Nori!", rief ich. „Bitte Papa! Mir geht es auch schon wieder viel besser."

Tante Adele nickte. „Zum Glück hatte Nina sich wenigstens einen dicken Anorak angezogen. Und jetzt fühlt sie sich auch schon wieder einigermaßen warm an."

Papa schaute mich zweifelnd an, dann nickte er. „Gut, dann lass uns fahren. Aber wir schauen vorher noch kurz bei deiner Mutter vorbei. Sie muss ja inzwischen verrückt vor Angst sein."

Zehn Minuten später schloss mich Mama in die Arme. Zu meinem Erstaunen stand ein Geländewagen mit einem Transporter vor unserer Tür. Da tauchten hinter Mamas Rücken Pia und Frau Kleinert auf.

Papa schlug sich an den Kopf. „Stimmt, Sie wollten ja am frühen Morgen kommen, damit wir zusammen den Nori kaufen können!", sagte er. Dann sprach er kurz mit ihr. Sie nickte, und er winkte mich zu sich. „Wir fahren jetzt alle zusammen los. Frau Kleinert hat Erfahrung mit dem Kauf von Pferden. Sie wird mit dem Alois verhandeln."

So machten wir uns mit Pia auf den Weg.

Ich war so nervös, dass ich auf der Rückbank nicht stillsitzen konnte. Die Fahrt wollte und wollte nicht enden. Wir nahmen den kürzesten Weg, die deutsche Alpenstraße quer durch die Berge. Aber sie wurde immer wieder von Schneewehen, reißenden Wasserbächen und abgerissenen Ästen versperrt. Ein Glück, dass wir einen Geländewagen hatten. Mit Papas Golf hätten wir bestimmt umkehren müssen. Doch auch so kamen wir oft nur im Schneckentempo vorwärts. Ein Mal mussten wir einen Umweg nehmen, und ein anderes Mal hielten uns Straßenarbeiter an, die gerade einen umgestürzten Baum forträumten. Unaufhaltsam krochen die Zeiger meiner Uhr auf die Elf zu und überschritten sie, doch wir waren noch nicht einmal im Tal angekommen. Unser Plan drohte zu scheitern. Jetzt saß ich nur noch stumm und regungslos neben Pia auf dem Rücksitz.

„Es ist ein Wunder, dass wir überhaupt durchgekommen sind“, sagte Frau Kleinert, als wir endlich die steile Abfahrt nach Ruhpolding hinabrollten. Da war es schon fast halb zwölf. Kurz vor Mittag parkten wir am Rande des Pferdemarktes.

„Da ist dein Nori!“, brüllte Pia plötzlich. Ich reckte den Hals. Tatsächlich, da stand er – und gerade drückte der Alois einem dicken Mann seinen Führstrick in die Faust.

„Mist, das ist der Gruber, der größte Pferdemetzger in unserer Gegend“, sagte Frau Kleinert. Sie sprang aus dem Auto. „Ihr bleibt hier und rührt euch nicht. Wenn der Gruber euch sieht, merkt er sofort, dass ihr den Nori unbedingt haben wollt. Und dann lässt er den Preis ins Astronomische schnellen!“

Ich biss die Zähne zusammen und nickte.

Aber warum tat Frau Kleinert bloß so unbeteiligt? Langsam schlenderte sie in Grubers Richtung, sah sich hier ein Pferd genauer an und streichelte dort ein paar warme Nüstern.

„Sie tut so, als würde Nori sie gar nicht interessieren. Der Herr Gruber soll glauben, dass ihr dein Liebling nicht wirklich wichtig ist“, erklärte Papa. „Auf diese Weise kann sie hoffentlich den Preis drücken.“

„Und sie wartet darauf, dass der Alois endlich verschwindet", fügte Pia hinzu. „Wenn der mitkriegt, was Frau Kleinert will, kann er sich wahrscheinlich denken, dass Frau Seeberg und Nina dahinter stecken."

Herr Gruber zog Nori in Richtung eines großen Transporters. Der Hengst folgte ihm brav wie immer. Aber an der Laderampe blieb er plötzlich mit aufgerissenen Augen stehen. Herr Gruber redete ihm gut zu, doch Nori tat keinen einzigen Schritt mehr.

Ich weiß nicht, woher der Alois plötzlich die lange Peitsche hatte. Er stellte sich hinter Nori und schlug zu. Der Hengst machte erschrocken einen Satz nach vorne und trat nach hinten aus. Ich wollte aus dem Auto springen und zu ihm rennen, aber Pia hielt mich fest.

Noch einmal schlug der Alois zu. Doch Nori keilte wieder aus und bewegte sich keinen Schritt vorwärts. Mehr und mehr Leute versammelten sich um die drei. Frau Kleinert stand immer noch ein paar Meter entfernt und musterte interessiert einen kleinen Schimmel.

„Um Gottes willen, hat die Nerven!", stöhnte Papa.

Eilig drängte sich ein älterer Mann in Lederhosen durch die Menschentraube. Ich reckte meinen Kopf, aber ich konnte nichts sehen.

Da kam der Mann wieder aus der Gruppe heraus. Er zog den puterroten Alois hinter sich her. Langsam verliefen sich die Menschen. Nori starrte immer noch zitternd in den Anhänger hinein.

Jetzt ging Frau Kleinert endlich zu ihm. Sie sprach mit Herrn Gruber. Der Pferdemetzger sah plötzlich aus wie eine Katze, die eine kleine Maus in ihren

Krallen hat. Er sagte etwas. Frau Kleinert lachte und drehte sich um.

„Oh nein!“, schrie ich.

„Sei doch still!“, zischte Pia. „Er hat wahrscheinlich einen viel zu hohen Preis genannt. Warte nur, gleich kriecht er hinter ihr her.“ Tatsächlich, schon hatte er Frau Kleinert seine grobe Hand auf die Schulter gelegt. Gelassen sah sie ihn an. Wieder sagte sie etwas. Der Pferdemetzger redete und redete und fuchtelte ihr dabei mit seinen dicken Händen vor dem Gesicht herum.

Wieder sprach Frau Kleinert. Herr Gruber wurde rot im Gesicht und redete weiter gehetzt auf sie ein. Doch sie schüttelte den Kopf.

Ich schloss die Augen und biss auf meiner Unterlippe herum. Das war ja nicht auszuhalten!

„Sie hat ihn! Sie hat ihn!“, brüllte Pia auf einmal.

Ich riss die Augen auf. Da stand Herr Gruber mit hängenden Schultern und schüttelte Frau Kleinerts Hand. Ich wusste, dass dieser Handschlag traditionell den Kauf besiegelte. Dann gab er ihr Noris Führstrick und seinen Equidenpass. Sie sah strahlend zu uns hinüber und winkte.

Ich sprang aus dem Auto und rannte zu Nori. Er wieherte mir laut zu.

Dann war ich bei ihm und schlang die Arme um seinen Hals. „Mein Nori!“, flüsterte ich. „Liebster, bester Nori.“ Er beugte seinen kräftigen Hals und schnoberte mit seinen weichen Nüstern über meinen Rücken.

Hinter ihm raschelte etwas. Ich sah auf – und erschrak. Dort in dem Transporter standen sie: Ein braunes Kaltblut, ein Warmblut mit geschwollenem Hinterbein. Ein struppiges geschecktes Pony und drei kleine Haflingerfohlen mit wolligen weißen Mähnen und kurzen Schwänzchen. Sie sahen mich mit ihren großen dunklen Augen an.

Ein eiskalter Schauer lief mir über den Rücken. Dort hätte Nori jetzt auch gestanden, wenn wir nicht mehr rechtzeitig gekommen wären, dachte ich. Die armen Tiere taten mir unendlich Leid. Am liebsten hätte ich sie alle auf der Stelle befreit.

Plötzlich packte mich jemand rüde an der Schulter. Es war Alois. Sein Gesicht war knallrot vor Wut. Er hielt immer noch die Peitsche in der Hand.

„Was willst du denn hier?“, zischte er und riss mich zu sich herum. Ich war so entsetzt, dass ich kein Wort herausbrachte. Verzweifelt sah ich mich um. Wo waren denn nur Papa und Frau Kleinert?

Herr Gruber kam mit erstauntem Blick zu uns. „Die Kleine hat gerade den Hengst von mir gekauft“, sagte er.

„Nein, du kriegst ihn nicht! Du kriegst ihn ganz bestimmt nicht!“, brüllte der Alois. Er schrie so laut, dass sich die Leute auf dem Marktplatz nach uns umdrehten.

„Moment mal“, knurrte Herr Gruber ärgerlich und tippte ihm auf die Schulter. „Das Geschäft wurde ja wohl mit mir gemacht, wenn ich mich nicht irre. Sie haben überhaupt kein Recht, sich hier einzumischen.“

Um uns herum sammelten sich die Menschen.

Triumphierend sah der Alois langsam in die Runde.

„Heute Morgen habe ich den Nori klatschnass und total verdreckt draußen im Regen gefunden. Die da hat letzte Nacht versucht mein Pferd zu entführen", sagte er dann laut. „Na warte, dich bringe ich vor Gericht!", fügte er leise und drohend hinzu.

Ich erkannte zwei Polizisten in der Menge.

Ärgerliches Gemurmel erhob sich unter den Zuschauern. Einige schüttelten den Kopf, andere tippten sich mit dem Finger an die Stirn. Hinter mir schimpfte jemand: „So ein Idiot!"

Der Alois starrte sie finster an. Da kam der ältere Herr mit der Lederhose auf ihn zu, gefolgt von den Polizisten. „Jetzt machen Sie heute schon zum zweiten Mal Ärger", knurrte einer der beiden. „Zuerst verprügeln Sie ein Pferd, dann beschimpfen und bedrohen Sie sogar ein Mädchen. Sie kommen mit auf die Wache. Dort werden Ihre Personalien aufgenommen!" Alois' Gesichtsfarbe wechselte schlagartig von knallrot auf kreideweiß. Mit hängendem Kopf wurde er abgeführt.

Der ältere Herr legte mir freundlich die Hand auf die Schulter. „Bei uns Bauern gibt es eine alte Redensart: ‚Wer seine Tiere verprügelt, der misshandelt auch seine Kinder.' Ich kenne wenige Sprichwörter, die so oft zutreffen. Aber der Kerl da, der ist nicht nur brutal. Mir scheint, der ist auch noch ein bisschen verrückt." Damit ging er davon. Langsam löste sich die Menge wieder auf.

Papa kam auf mich zu. „Ein Glück, dass wir heute Morgen nicht sofort die Polizei verständigt haben", sagte er leise. „Du brauchst dir also keine Sorgen zu machen. Mir scheint, dem Alois glaubt so schnell keiner mehr irgendwas."

Erleichtert lehnte ich mich an ihn, und gemeinsam machten wir uns auf den Weg zum Auto. Es war nicht weit, doch mir zitterten immer noch die Knie von der Aufregung. Vorsichtig nahm mir Frau Kleinert Noris Führstrick aus der Hand.

Aufatmend ließ ich mich auf den Rücksitz fallen. Ich war überglücklich, dass Nori nun endgültig mir gehörte, doch die Bilder von den ängstlichen Pferden auf dem Transporter konnte ich trotzdem nicht vergessen. Warum war es nicht möglich, alle Tiere zu retten? Aber die Antwort wusste ich selbst. Wer konnte schon alle leidenden Pferde auf diesem Markt kaufen und irgendwo unterstellen?

Hinter mir rumpelte es. Kurz darauf setzte sich Frau Kleinert ans Steuer. Sie drehte sich zu mir um. „Der Nori ist wirklich ein liebes Pferd. Der kennt mich doch gar nicht, aber er hat sich trotzdem ganz brav verladen lassen. Was wohl eben auf dem Pferdemarkt in ihn gefahren ist?"

Ich konnte es mir denken. Er hatte wohl instinktiv gespürt, welches Schicksal ihn auf diesem Transporter erwartete.

Sie ließ den Motor an. „Ich werde es mit dem Umweg über Bad Reichenhall versuchen", erklärte sie meinem Vater. „Das ist eine große Straße, die nicht so weit durch die Berge führt. Vielleicht hat dort das Unwetter nicht so gewütet wie auf der Alpenstraße, und wir kommen besser durch."

Papa nickte. Dann sagte er: „Sie scheinen ein wahres Verhandlungsgenie zu sein. Den Nori haben Sie ja für einen Spottpreis bekommen."

Frau Kleinert lachte. „Immerhin haben Sie etwa zweihundertfünfzig Euro über dem Schlachtpreis bezahlt. Der Herr Gruber hat immer noch ein gutes Geschäft gemacht. Ich hätte wahrscheinlich noch weiter verhandeln können, aber ich hatte Angst, dass er irgendwann doch Nein sagen würde. Danach hätten wir vermutlich wesentlich mehr zahlen müssen, oder er wäre sogar vor lauter Ärger bei seiner Entscheidung geblieben."

„Sie haben das sehr gut gemacht", meinte Papa anerkennend.

Wir waren jetzt an Teisendorf vorbeigefahren und bogen auf die alte Salzstraße nach Bad Reichenhall ein. Langsam machte sich tiefe Müdigkeit in mir breit, doch in meinem Kopf rasten immer noch die Gedanken. Die wochenlange Angst um Nori, das Gewitter auf der Bertlhof-Alm, die verzerrte Fratze vom Alois – all das wollte mich nicht so schnell loslassen.

Pia stieß mich liebevoll in die Seite. „He, es ist vorbei", sagte sie und lächelte.

Ich sah aus dem Fenster. Wir fuhren gerade die lange Serpentinenstraße nach Berchtesgaden hinauf. Die Sonne schien und vertrieb die letzten Wolken. Über uns ragten die schneebedeckten Gipfel der Alpen in den strahlend blauen Himmel. Die Bäume leuchteten in ihren bunten Herbstfarben. Goldene und rote Blätter segelten durch die Luft.

War es wirklich erst drei Monate her, seit ich zum ersten Mal hier hinaufgefahren war? Wie verzweifelt war ich damals gewesen! Und jetzt hatte ich hier schon so viele Freunde gefunden – richtig gute Freunde, die fest zu mir hielten, als würden sie mich schon ewig kennen. Ich ritt in einem wunderbaren Reitstall und lernte dort Dinge, von denen ich vorher nicht einmal zu träumen gewagt hätte. Und jetzt hatte ich sogar ein eigenes Pferd – das schönste, das ich mir nur wünschen konnte. Nori war gerettet. Und er gehörte wirklich mir!

Ein leichtes, beschwingtes Gefühl begann sich in mir auszubreiten und verdrängte die dunklen Gedanken endgültig. Pia hatte Recht, es war vorbei. Ich freute mich auf die vielen schönen Tage, die ich gemeinsam mit meinen Freunden verbringen würde – und mit Nori, meinem Pferd.

Dickhardt